El camino hacia el despertar

EL MOJADO TRISTE

Jesús Edgar Medina Adame

_jema_sid

Library of Congress Control Number: 2025906621

Contenido

Detrás de mis ojos
Mi ignorancia alcanza
lo que mi sabiduría
no imagina.

_jema_sid

Fragmentos del prólogo

La injusticia social se ha convertido en algo a lo cual nos hemos acostumbrado a ver como algo común, y hemos aprendido a lidiar con la idea de alguna u otra manera. Los seres humanos reconocemos las faltas y carencias que existen en esta sociedad moderna, más sin embargo no parece importarnos demasiado, siempre y cuando no afecte el círculo de conformidad en el cual vivimos. De acuerdo con lo que experimentamos alrededor del planeta, no parece existir algún cambio próximo para atender las necesidades existenciales que embargan a la población, sino que parece que fuera lo contrario lo que se planea hacer, pues la desinformación y la falta de coherencia con que se pretende dirigir a las nuevas generaciones es meramente una burla absurda. Las herramientas necesarias para el crecimiento espiritual son negadas, y muchas veces ocultadas para evitar a toda costa que los seres humanos puedan tener acceso libre y seguro a estas herramientas del orden. Los poderosos no quieren libres y consientes, a ellos les interesa solo ignorantes y esclavos, por eso se genera esta maquinación específica para engañar y controlar a la población mundial. La falta de empleo y oportunidades que se viven en los países más pobres de nuestro apreciado paraíso, además de la injusticia social y el crimen descontrolado, impulsan a la población a tomar medidas drásticas, al no darles otra opción más que emigrar a tierras con mejores oportunidades. La corrupción solo promueve dolor e inconformidad, por eso es por lo que millones de personas intentan huir del afán mezquino por parte de los poderosos, para intentar darle a sus amados una mejor vida, aunque eso signifique arriesgar sus vidas. Miles logran alcanzar esa oportunidad, aunque no todos la aprovechan de la mejor manera al caer en el vicio ilógico de la mentira del lucro y la fama, la cual el ego y la vanidad crean en sus mentes. Muchos sabemos que la realidad supera la fantasía, por lo que no nos cegamos a cualquier posibilidad. Muchos tal vez piensen que solo son creencias de conspiraciones absurdas el pensar que los gobiernos son corruptos e indiferentes con la población, y que solo quieren manipularnos para continuar con el control. Sino fuera así, entonces sería evidente el interés por ayudar, pero no lo es, porque por ningún lado se aprecia ese interés por ayudar a los más pobres y necesitados, a los que viven bajo la injusticia y la desigualdad. Todo aquel que intenta sobresalir ayudando a los inocentes, hoy en día se le ve como un farsante, mientras que a los corruptos mentirosos y criminales se les pone como héroes. Ahora lo malo es aparentemente bueno, y lo bueno es un chiste. El racismo sistemático que se genera en medio de la confusa y absurda política ha creado divisiones ideológicas agresivas en contra de todos aquellos quienes no caben en los estándares y modelos sociales, los cuales se dictan entre mentiras y engaños por parte de estos corruptos manipuladores. Es la decencia y los buenos principios los que deberían de regir al momento de jugar con el destino de los seres humanos, pero desgraciadamente eso no es así, gracias a estos políticos sin escrúpulos quienes engañan a sus seguidores con mezquindad y falsos argumentos sobre la verdad. Qué clase de civilización es aquella que protege más a los perros que a los seres humanos, tan solo por su color de piel o el lenguaje que hablan. Hoy en día se glorían del poder, pero un día serán solo la vergüenza de nuestro pasado.

Mi despertar

Una noche soñé que nacía entre plumas verdes y azules.

Un rayo iluminaba el abismo por debajo del manto que
sostenía mi alma, luego salí a este mundo.

En el hormiguero están mis pies hinchados por la amargura y
el odio que contaminan el agua en este planeta.

Adoloridas mis manos rasgan el tiempo, escribiéndolo entre
las piedras.

Dejando correr el cause que se mantiene eterno hacia adentro
y hacia afuera.

Así, en medio de la escena desciende mi alma en el corazón
del cielo.

La recibe: Caculha- Huracan, Chipi-caculha, Raxa-caculha.

En el apruebo de: Tepeu y Gucumatz. En este hermoso
mundo de vida único y esencial.

_jema_sid

4/7/2011

_jema_sid

Capítulo 1

Un tesoro singular

Para Felipe era un milagro haber recibido el premio al mejor diseño arquitectónico de la fundación de la abuela de Elida. No sabía qué hacer con tanto dinero porque nunca había tenido más que lo que conseguía buscando entre la basura. La vida en la mansión de la abuela lo hizo reflexionar sobre lo mejor que podía hacer con el dinero.

Cada fin de semana salían para ofrecer servicio a la comunidad de los pueblos cercanos, tal como ya era costumbre en la mansión de la abuela. Parecía como si no existiera alguna otra cosa que los llenara de orgullo y satisfacción, en especial para Chendo y su familia.

Al haber vivido entre lo más humilde aprendieron lo importante que es el ayudar a aquellos quienes tienen casi nada. Por eso era por lo que hasta se preparaban durante días para el fin de semana, para dar una mano de la misma manera que les hubiera gustado que alguien lo hubiera hecho con ellos.

Los niños asimilaban la misma educación heredada por los abuelos, con el ejemplo de la misericordia y la buena voluntad de ayudar sin esperar alguna cosa a cambio.

Felipe utilizó el dinero para ayudar a varias personas de algunos pueblos del municipio, a pesar de que nunca recibió algún consuelo o ayuda por parte de muchas de aquellas personas. De cualquier manera, él los recompensó con dinero y algunos inmuebles para el hogar, por la lección que aprendió cuando ellos equivocadamente lo menospreciaban.

Las personas nunca supieron que la ayuda que recibían era de aquel mendigo mal vestido y desubicado, a quien en una ocasión habían corrido de la banqueta de sus casas tan solo por lucir inapropiado para su orgullo.

Era clara la determinación y los buenos principios en Felipe, quien recibió solo discriminación y desprecio por parte de casi todos aquellos quienes siempre lo mal juzgaron. Se necesita mucho carácter para perdonar las faltas de respeto y las agresiones; sobre todo las emociónales.

Él es el ejemplo callado y veraz que nos enseña a no guardar rencor u odio, sino a perdonar, a amar aun a aquellos quienes nos odian. Él siempre decía, «Perdonar a aquellos quienes nos desconocen, a aquellos pobres ignorantes y perdidos». Eso si es tener un corazón fuerte y sabio, de esos que es muy difícil descubrir en estos días.

No cabe duda de que los buenos valores se aprenden en casa, independientemente del nivel económico o social en que se viva. No hay escusa ni pretexto que evite la buena educación y el respeto. Quien diga lo contrario está engañado y perdido, como un esclavo ciego y sordo que no quiere vivir.

Un miércoles por la mañana muy temprano, Chendo acompañó a Felipe y a Raúl a entregarle un camión nuevo a Uicho como recompensa por su fidelidad, y por permitir construir su diseño, con el cual había ganado el premio de la fundación arquitectónica de la abuela, el cual se llevaba a cabo cada dos años, y por el cual competían los mejores arquitectos del mundo.

La fundación preparó un evento para reconocer al ganador del premio, ante todos los académicos en la materia, de todas las universidades del país, y muchos más que pertenecían a universidades de otros países de nivel mundial. Eso era algo que no había visto en ninguna de sus visiones, pero que no desconocía al saberse capaz de hacer lo que cualquier otro hombre. Aunque había algo que no lo dejaba en paz, y eso era tal vez la duda y el temor de no ser apreciado como él quisiera.

Felipe no quería asistir porque se sentía abrumado ante tanto estudiado y reconocido, quienes de seguro se burlarían

8

de él, al saber el origen de donde había salido aquel diseño, el cual todos acordaron como el mejor en la categoría.

Felipe le insistió a la abuela que él ya estaba preparado para eso del reconocimiento de sus logros, por lo que no era necesario evento alguno, más que saber que él había ganado algo tan prestigioso y admirado. La abuela le insistió que era necesario para que todos supieran quién era, y lo reconocieran como un hombre capaz de hacer lo mismo o mejor que todos ellos, porque él se lo había ganado con su talento. «La respuesta está en vuestro corazón, mi Quijote». Le dijo Elida, mientras lo miraba observando el atardecer, pensando si asistiría al evento o no.

Estaba por realizarse uno de sus sueños más preciados, al menos en lo que concierne a sus aspiraciones personales como hombre terrenal.

Se había hecho costumbre el que todos en la mansión opinaran sobre lo que pasaba, porque nada se ocultaba, o se discriminaba a alguien por su posición u obligación en los que haceres de la casa, por eso es por lo que todos estaban presentes cuando Felipe intentaba razonar si quería asistir al evento o no. Había algo que presentía pero que no lograba precisar en su mente, algo que intentaba advertirle sobre el principio de un movimiento de energías específicas, las cuales definían su destino en cada decisión y a cada paso.

De alguna manera sabía que todo eso era inevitable, que no podría oponerse ni negar lo que los divinos tenían preparado para su camino. Además, al ver a todos alrededor de la mesa, sentía que ese era el momento que siempre soñó, y no quería perder esa magia a la cual se aferraba en cada noche. Sentía dentro de su corazón que dichos momentos eran lo mejor de su vida, y los cuales extrañaría cuando lo abatiera la soledad y la tristeza. Deseaba que el momento durara para siempre, aunque sabía que eso nunca es así.

Raúl platicaba con Chendo sobre algunas cosas que se necesitaban para reparar algunas de las paredes de la mansión, mientras Mamá Chayo y la abuela tejían algunas prendas para los niños, quienes se jactaban jugando alrededor.

El más grande de los tres niños estaba muy atento a lo que estaba pasando, y con esa inocencia y espontaneidad que lo caracterizaba, le dijo a Felipe:

—Un día quiero ser como usted.

Felipe se quedó mirando a Elida, quien estaba cargando en sus brazos a su amada hija Emma, y luego volteó para ver hacia la ventana, en donde alcanzaba a ver la puesta del sol, la cual lo acogía en otro más de sus indicios sublimes.

De cierta manera sentía un poco de temor, por saber de ante mano de los acontecimientos que se suscitaban ante sus ojos. Sabía que había algo más que inconscientemente quería evitar.

Fue gracias al apoyo de toda la familia por lo que se decidió a enfrentar su destino con valentía y sin temor, sabiendo que todo era posible. Además de que se lo había ganado por su propio mérito, y por su gran talento. Era un escenario completamente opuesto a lo que siempre vivió, por lo que se esforzó para mantener la vanidad y el ego fuera de su ideología, para no confundir el ejemplo que intentaba trasmitir a su amada hija Emma y a los niños, quienes sin duda se les notaba lo orgullosos que estaban de él.

Recibió de manos del doctor Ernesto Guevara, una placa conmemorativa por el logro que había alcanzado con su diseño, ante todos los académicos quienes se levantaron de sus butacas para honrarlo con un eufórico aplauso, el cual duró más de un minuto y medio.

Felipe agradeció de todo corazón la intención de respeto y admiración con que lo ovacionaban, pero aun así se sintió un poco abrumado por las adulaciones, y sintió una gran necesidad de salir corriendo de ese lugar.

Se concentró en su lugar en la vida, en lo que representaba ante los que lo amaban, para no perderse en la vanidad creada por el momento. El gran orgullo que reflejaba Elida en ese momento lo hizo volver de inmediato a sus convicciones y

10

propósitos que en su corazón siempre guardó. Felipe lloró en el momento en que cargó a Emma en sus brazos, junto con el reconocimiento que había recibido.

Pasó de ser un mendigo maltratado e ignorado, a estar rodeado de prestigiosos académicos quienes lo felicitaron personalmente, al darle el reconocimiento que merecía por haber creado aquella obra maestra.

Su conocimiento y destreza daban los frutos correspondientes. Le demostraban que en el lugar adecuado y con las personas correctas, sus cualidades eran apreciadas debidamente sin envidia ni ignorancia

Al lado del rio, cerca de la mansión, Felipe podaba algunas parras de uvas pensando en lo que había pasado, tratando de precisar el mensaje que todo esto le traía.

Algunos peones quienes trabajaban cerca de donde estaba Felipe, hablaban sobre uno de sus primos, quien había emigrado a otro país en busca de mejores oportunidades. Felipe los escuchaba atentamente, mientras ellos les contaban a otros sobre cómo había cambiado la vida de aquel hombre después de un tiempo, porque pudo construir su casa, y brindar un mejor bienestar económico para su familia, en tan solo unos meces.

No sé si es la envidia, o la avaricia, o la pobreza en la que se vive en el mundo, la que nos incita a emigrar en busca de un mejor futuro para los que amamos, a pesar de sacrificar nuestras vidas a cambio de un sueño sublime, el cual casi todos nos esmeramos en alcanzar.

Desde antes de que existieran las naciones y reinos, emigrábamos en busca de mejores tierras, en donde sintiéramos que no tendríamos escasez de alimentos o refugio para nuestras familias. No había fronteras.

Algunos de los que estaban cerca escucharon de lo que hablaban sobre aquel joven, por lo que se acercaron para preguntar más sobre él, ya que era alguien conocido. Querían saber si era posible que ellos emigraran también al país a donde había emigrado su amigo. Les preguntaban que cómo le había hecho su amigo para llegar a ese país.

Felipe estaba asombrado del relato que uno de los jóvenes les contaba, sobre la aventura que su primo había tenido al buscar su sueño.

El joven contaba que, al llegar a la frontera su primo se había refugiado junto con otros cuatro más en un lugar llamado San Francisquito, para esperar al *coyote* para que luego los pasara por la frontera ilegalmente. Debido a que las leyes de dicho país eran basadas en principios banales sobre intereses que no muchos logran comprender, no permitiendo la emigración por necesidad.

Exigían méritos basados en un modelo que segregaba a los más pobres, discriminaba a los de cierta apariencia o color de piel, por razones que solo su ignorancia comprendía. Es increíble que en este país de primer mundo se permitiera la entrada a los perros, pero no a los seres humanos. Eso sí que es incivilizado. Cada uno juzgue a su manera.

Habían caminado durante cinco días en el desierto, cuando dos empezaron a flaquear por la falta de alimentos y agua, por lo que tuvieron que dejarlos debajo de unos matorrales para que no se murieran tan pronto por el sol, y para que, si por milagro retomaban las fuerzas necesarias, se podrían regresar como pudieran.

Continuaron caminando a pesar de que ya casi no tenían fuerzas ni para pensar, hasta un cerro que estaba cerca, en donde se refugiaron en una pequeña cueva para retomar fuerzas. El joven sentía que moría por la falta de agua, por lo que antes de entrar en la cueva cayó al lado de un matorral, sin fuerza alguna en su cuerpo más que su esperanza.

Antes de perder la conciencia, con un ojo cerrado y el otro medio abierto, alcanzó a darse cuenta de un cuerpo casi esquelético de algún hombre o mujer que yacía debajo del matorral, quien había corrido con la misma suerte, la cual estaba a punto de experimentar. Para su suerte, aquel esqueleto sostenía una botella con algo de beber en una de sus manos. Con la poca fuerza que sacó de las ganas de vivir, le quitó el recipiente de entre los huesos de la mano, los cuales se desbarataron al momento en que jaló la botella.

Ese jugo de granada lo revivió, dándole fuerza suficiente como para levantarse y caminar dentro de la cueva, en donde yacían los otros tres tirados en el suelo, inconscientes por la falta de agua y alimento. Le dio a cada uno un par de sorbos, los cuales los hizo volver, después de algunos minutos de que los nutrientes del jugo de granada se convirtieran en pensamientos racionales, y despertaran de nuevo en la realidad en la que estaban al borde de la muerte, por perseguir una idea de prosperidad, la cual se basa únicamente en lo material.

Cada uno pensó en lo que dejaba atrás, a excepción del *coyote*, quien ya había pasado por algunas experiencias, pero continuaba por la buena remuneración que obtenía al pasarlos por la frontera. No era que no se preocupaba por su familia, él también pensaba en los suyos, pues esta vez estuvo a punto de perder la vida. Cada uno juzgue a su manera.

Después de una hora y media de que recuperaran la valentía para continuar, el *coyote* les dijo: «En un rato no más, y llegamos a Casa Grande, y ya la hicimos». Los muchachos tomaron fuerza de los recuerdos de sus seres queridos, a pesar de que pensaban que tal vez nunca les volverían a ver, aun así, siguieron al *coyote* hasta llegar a su propósito.

Felipe había escuchado el relato que aquel joven contaba sobre la osadía de su primo por cruzar la frontera, para poder darles una vida mejor a sus seres queridos; por lo que se fue de regreso a la mansión pensando muy seriamente en lo que había escuchado.

No es que pretendía hacer lo mismo que aquellos pobres inmigrantes, arriesgando sus vidas para intentar alcanzara aquel sueño incierto, pero sí para enfrentar su propio destino, a su manera y con sus propios medios. Creía que aquello era algo muy noble y admirable, el intentar hacer lo que muy pocos se atrevían, a pesar de arriesgar sus vidas. De cualquier forma, él y su familia ya lo hacían, arriesgaban sus vidas tan solo por proteger la verdad.

En ese momento, se le vino un presentimiento sobre *La Anciana del pelo Blanco*, y sus consejos sobre el camino que debería seguir para llegar al propósito que los divinos habían confiado en él. Claro que sabía que no se trataba de las cosas materiales que pudiera conseguir, sino de lo que el espíritu pueda llegar a realizar, pero aun así no tenía del todo claro sobre la naturaleza de toda su misión, y eso lo confundía en ocasiones.

Si tuviéramos la certeza de todo cuanto pasa en la vida, no tendríamos nada que aprender.

Se detuvo en el jardín observando a Elida, quien cargaba a Emma en medio de las rosas, cantándole la misma canción que su madre le había enseñado cuando niña. Pensó en regalarles una de las rosas, por lo que se aproximó para cortar una, pero *La Rosa* se liberó por si sola del arbusto y cayó sobre su mano, entonces una de las espinas lo pinchó en la yema de su dedo anular.

En ese momento tuvo una visión sobre un mundo muy lejano, lo cual lo hizo sentir como si todo eso era solo el principio de lo que presentía en su corazón. Sabía que debería ser valiente, si es que quería saber más sobre su naturaleza, sobre quién era él. Se aproximó a ellas, y puso *La Rosa* sobre su amada hija Emma.

Elida lo miraba con gran ternura en el momento en que se le salía una lágrima a Felipe, por lo que le tocó la mejilla muy suavemente, y llorando junto con él, mientras él les decía, «Para ustedes con todo mi amor».

En ese momento apareció Gabriel de entre las flores del jardín, y se aproximó hacia ellos, se postró de rodillas frente a Emma, en reverencia de respeto, luego se puso de pie para abrazarlos y darle un beso a Emma en la frente. «Bendito es el fruto de tu vientre, y vendita es ella entre todas las mujeres».

14

Les dijo Gabriel, en el momento en que les daba la bendición. Dio a Elida un tazón con una bebida preparada para alimentar a Emma, en el momento y día sugerido por él, para que se preparara en su camino, el cual se había destinado para ella desde lo más alto de la creación. Le pidió que llevara a *Luz de Luna* a su cuarto para que pudiera dormir un poco, porque debía hablar con Felipe sobre algunos asuntos.

Elida sabía del destino que los divinos habían encomendado en la persona de Felipe, y no le extrañaba que lo visitaran para que recibiera la instrucción necesaria para su cometido.

Se dispuso a regresar a la mansión. Mamá Chayo la esperaba en la puerta para tomar a Emma y llevarla con ella adentro para que durmiera un poco, entre besos y cariñitos todo el tiempo de camino hasta la habitación.

Felipe caminó por media hora al lado de Gabriel en el jardín, escuchando sus consejos, sobre lo que debería hacer para proteger a los que amaba de la maldad que regía en este mundo, porque los perseguirían sin importar en el lugar en que se refugiaran para matarlos y seguir ocultando la verdad.

Tal vez no sea del todo claro para muchos el pensar que los gobiernos nos mantienen sumidos en la mentira, y muchos aun no tienen idea de lo que significa la verdad, pues la sugestión mezquina ha sido acertada para engañar y dominar con promesas falsas a la población. Cada día es más difícil divulgar el mensaje al no haber personas dispuestas a recibirlo.

Sintió unas ganas inmensas de renegar en contra de los designios que tenía sobre su espalda, y se tocó el vientre con ambas manos por la sensación que sentía, en el momento en que Gabriel le ponía la mano derecha sobre su frente. «La verdad está en tu corazón». Le dijo Gabriel.

También le dijo que la decisión de lo que debería hacer se presentaría en el momento adecuado, por lo que debería prestar atención para no caer en el engaño que nubla nuestro corazón, al momento de responder a las inquietudes que en el aguardan. Que cada uno recibiría el mensaje a su manera, y que era menester de cada uno el asimilarlo de la mejor manera, para lograr el reencuentro con ellos mismos.

Después de que Gabriel se fue Felipe regresó a la mansión, pensativo y preocupado por no saber qué debería hacer para garantizar el bienestar de los que amaba.

Tuvo que hablar con la abuela después de haber debatido algunas cosas con su amada Elida, sobre lo que debería hacer para lograr la hazaña imposible de dejar un mundo mejor para su hija Emma.

La abuela se alegró al escuchar que quería buscar su vida a su propia manera, queriendo descubrir lo que le deparaba el destino en otro lugar. Le dijo que eso era algo muy noble de su parte, por lo que contaba con ella para lo que fuera necesario.

Felipe le contó un poco de lo que había escuchado en la viña sobre aquel valiente quien había cruzado la frontera para buscar un mejor futuro para su familia, arriesgando su vida para poder darles una cierta comodidad de bienes y servicios.

La abuela lo interrumpió diciéndole que no se preocupara por eso, que él no tenía que hacer lo mismo de arriesgar la vida de nadie, porque ella se encargaría de conseguirles una visa para cruzar la frontera legalmente. Que gracias al premio que había ganado, no tendría que batallar para conseguir un permiso para vivir en ese país, al cual Felipe pensaba emigrar con su familia.

El dinero del premio le era suficiente como para quedarse y vivir una vida tranquila en ese lugar, pero él sabía que tendría que volar con sus propias alas, si es que quería sacar adelante a su familia.

Se aseguró de guardar lo suficiente como para sostenerse por unos meces, el resto lo usó para crear dos fundaciones para ayudar a los niños de comunidades marginadas con comida y ropa; además, de fundar una escuela cerca de donde se encontraba el basurero, para que los niños tuvieran la oportunidad de educarse lo suficiente, como para no dejarse engañar tan fácilmente de los abusadores. Intentaba darles la oportunidad que nunca tuvo, liberándolos de la ignorancia y del miedo que evitaba que sus sueños crecieran. De esa manera lograba cumplir el suyo, el cual en algún momento pensó imposible, pero que ahora no le importaba el darlo todo para hacerlo realidad.

Se aseguró de crear el ambiente adecuado para que todo fuera de cierta manera autosustentable, gracias a la gran destreza que Elida y él tenían, para visualizar lo conveniente y adecuado en cada punto de lo administrativo, en lo arquitectónico y ambiental.

Cada fundación contaba con parcelas alrededor de las oficinas centrales, diseñadas por Felipe y Raúl, el chófer de la abuela. Raúl y la abuela eran grandes amigos, de la misma manera que Raúl lo fue del abuelo de Elida. Casi todo lo que Raúl sabía sobre arquitectura lo había aprendido de él, en los muchos años que compartieron juntos. Raúl le dijo a Felipe que había llegado a querer como a un hermano al abuelo de Elida.

Las legumbres que se cosechaban en ambas fundaciones se vendían en los pueblos cercanos, y usaban las ganancias para ayudar a las comunidades más necesitadas de la región, con bienes y servicios básicos; así, como el fomento a la buena educación intrafamiliar, el respeto mutuo, y hacia la naturaleza. Felipe trataba de recrear un pedacito de aquel paraíso que recordaba en ocasiones, que hasta su compadre Chendo se lo recordó, cuando juntos sembraron el último árbol en *La Fundación del Sur*.

La abuela, Elida y Emma, todos los de la mansión estaban ahí celebrando tan grande intensión por ayudar. Que hasta la abuela contribuyó para que se hiciera un poco más grande de lo que Felipe había considerado; por lo cual, él no se opuso en lo más mínimo, ya que el ejemplo había venido de ella, el de dar y ayudar sin ningún interés a cambio, tal como lo sentía él mismo en su corazón.

Cada vez más sentía que dejaba el legado que siempre deseó, gracias a las contribuciones que la abuela hizo para que todo se hiciera de la mejor manera, además del apoyo de toda su familia. De todos los que vivían en la mansión, pues en su corazón todos ellos eran su familia.

Una noche de luna nueva, Felipe se fue con Chendo y Raúl, en el camión que usaban para llevar cosas a los pueblos, para rescatar las últimas cosas de su jacal, sin que los líderes malvados se dieran cuenta de nada, porque llegaron por la parte donde casi nadie va por la noche. Excepto Felipe y Chendo, quienes en ocasiones se la pasaban por ese lugar por las noches observando la salida de la luna.

El jacal estaba intacto, como cuando lo dejaron aquel día cuando tuvieron que huir.

Los líderes ni siquiera se dieron cuenta de que no habían estado todo ese tiempo, por la poca importancia que le tenían; además, que ni siquiera los vecinos se preocuparon en ver qué les había pasado.

Y nunca nadie supo que Felipe había ganado una gran fortuna, ni mucho menos de que la ayuda que recibían en la comunidad provenía de Elida y Felipe.

Los tres baúles que le había heredado su padre, junto con un centenar de cajas llenas de casi todo tipo de objetos raros; además de algunas cosas que Chendo logró rescatar de lo que quedaba de su jacal, porque al quedar en una zona que se podía notar más, la gente se aprovechó de que estaba solo y lo saquearon, y solo dejaron algunas fotografías y cosas personales, las cuales no tenían ningún valor para nadie, pero que para Chendo representaban su tesoro más valioso.

Al final casi llenaron el camión con todo lo que sacaron. Felipe notó que algunas de sus plantas habían crecido de nuevo, y pidió a Raúl y a Chendo que las sacaran con el cuidado y manera sugerido por él, para que las plantas no se resintieran.

Notó que algo se movía en el agua del pozo donde tenía los peces, por lo que se sorprendió de gran manera al ver que tres de ellos habían sobrevivido, por lo que de inmediato los echaron en unas cubetas con agua para llevarlos a la mansión.

Todo lo que tenía un valor sentimental lo llevó con él, para no dejar cosa alguna a los avaros corruptos e ignorantes.

Al final de haber subido su gran tesoro al camión, le costó trabajo despedirse de todos los recuerdos que le quedaron de sus padres, por lo que lloró en silencio al saber que se alejaría de ese lugar donde ellos vivieron por mucho tiempo.

Con el pensamiento les dijo que los amaba, y que los extrañaba mucho. Con el corazón les dijo que pronto los vería de nuevo, y que haría todo lo necesario para honrarlos en esta vida.

Chendo le dijo que ya era hora de irse, cuando Felipe estaba perdido entre sus recuerdos mirando fijamente la huerta en donde su madre le enseñaba a vivir.

Felipe pidió a Raúl que lo llevara cerca de la cueva, porque quería dejar algunas cosas que no necesitaría en sus planes próximos, sabiendo que nadie podría encontrarlas en ese lugar.

Por más que se empeñen en buscar una ubicación física de la puerta, fracasarán en su búsqueda, o se convertirá en una búsqueda equivocada. Así es, si se pretende buscar la naturaleza del espíritu en el mundo externo.

Dejaron el baúl de aquel galeón irlandés en la cueva, junto con el pectoral y el medallón, además de las cartas de la reina de Inglaterra para el presidente de esa nación.

Dejó el reloj que su padre le había dejado, justo encima de la foto donde estaban sus padres en la plaza de alguno de los pueblos cercanos.

Por el sabio consejo que había recibido por parte de Gabriel, en el jardín de la mansión, y por lo que en su corazón ya había presentido, llevó el libro con él, oculto dentro de su morral. Raúl y su compadre Chendo lo vieron meterlo en el morral, pero no dijeron ni una sola palabra al respecto, porque pensaron que se trataba de uno más de sus tantos libros misteriosos que habían subido al camión.

Todos en la mansión se llenaron de asombro por las cosas que Felipe había coleccionado de entre la basura. Elida no dejaba de enseñarle cosa por cosa a la abuela, quien se asombraba de ver todas aquellas reliquias que poseían un gran valor monetario e histórico.

Tomó días lograr ordenar y catalogar todas las cosas que Felipe tenía, pues todo tipo de objetos raros y vasijas sin relación entre ellas complicaba asignarles una determinada utilidad o propósito.

Los libros lograron llenar la biblioteca, que hasta la abuela pidió a Raúl que construyera un estante más, porque aún había libros sin catalogar. Raúl, junto con la ayuda de Elida, formaron una lista para evaluar cosa por cosa, y poder determinar su valor más fácilmente. Algunas cosas las donaron al museo nacional del país, por ser relevantes para la historia, pero algunas otras Felipe y la abuela habían decidido conservarlas, a sugerencia de Raúl, quien era un excelente conocedor de arte, y que además tenía un doctorado en arqueología.

La abuela y Raúl llevaron a Felipe y a Elida hasta un lugar en donde se encontraba una bóveda escondida, en donde guardaban objetos raros de un valor incalculable, para que pudieran guardar sus pertenencias que habían decidido conservar para el futuro.

El lugar era insospechado, nunca nadie se daría cuenta en dónde estaba, por eso Felipe confió en dejar sus más valiosas pertenencias en la bóveda familiar.

Después de que Raúl le aconsejara en vender algunas cosas, y de haberlo debatido con Elida en sus charlas nocturnas, se decidió vender aquello a lo cual él le daba un valor distinto a lo que la mayoría de la gente les da a las cosas, y utilizó el dinero para afianzar aún más las fundaciones y la escuela que habían formado. «Las buenas acciones atraen a las buenas personas». Decía Felipe, ya que muchas buenas personas se unieron a la causa que puso con el ejemplo de *La Fundación del Sur* y *La Fundación Atlántica*; además, de *La Escuela del Misterio*.

Misioneros mormones y miembros de distintas denominaciones religiosas, se unieron para construir nuevas viviendas al lado del basurero, para formar una comunidad nueva con los servicios básicos necesarios para una vida digna. Formaron calles y lotes para las viviendas con maquinaria pesada, en donde un centenar de buenos corazones trabajaron voluntariamente para construir casa por casa, para cada uno de los que vivían en el basurero. Todo fue financiado por Felipe y la abuela, los materiales y la maquinaria, gracias al dinero que juntó con la venta de algunas de sus cosas, las cuales había sacado de aquel lugar. Este era el momento de usarlo para hacer realidad ese sueño que tuvo durante mucho tiempo, y que no parecía que terminaría jamás.

Con la ayuda de las autoridades lograron desenmascarar a los líderes abusadores, sin que estos se dieran cuenta de que Felipe estaba detrás de todo.

Gracias a la caída de estos abusadores y corruptos, fue que lograron rescatar muchas piezas que habían robado de algunas excavaciones arqueológicas cerca de ese lugar, las cuales se vendían en el mercado negro a un valor muy alto.

Toda la gente que vivía en el basurero estaba llorando, agradeciendo a los oficiales de la cometida estatal, en conjunto con los oficiales municipales, por prácticamente rescatarlos de la miseria en donde eran sometidos por falta de oportunidades en la sociedad.

Más que nada, por liberarlos del control mezquino de los líderes abusadores, quienes solo buscaron su propio interés.

Todas las personas de la comunidad se unieron para ayudar a los misioneros a construir todas las casas, por lo que abandonaron la recolección en la basura, ya que los misioneros les regalaron la comida en el tiempo en que tardaron en construir la comunidad entera.

Gracias a las buenas relaciones que obtuvo por su mérito, y a las recomendaciones de la abuela, Felipe logró que algunas buenas personas se interesaran en un proyecto muy novedoso, el cual tuvo que formar para garantizar el progreso de la comunidad que habían empezado, para garantizar un empleo que sustentara el costo de una vida digna para todas las familias de la comunidad.

Ayudado por Elida y Raúl, Felipe ideó una máquina de reciclaje a una escala suficiente, como para ocuparse de la cantidad de basura que se generaba de entre todas las comunidades en la región.

Calculando el índice de crecimiento de las comunidades, a sugerencia de Elida, y la cantidad de personas que se requiere para que la planta de reciclaje sea funcional, por parte de Raúl. Eso le hizo sentir que cada día se acercaba más a ese objetivo de poder ayudar a aquellos pobres quienes tenían casi nada. Por eso no escatimó en detalles para que todo quedara de la mejor manera. Aquellos quienes aprecian lo que eres capaz de hacer, apoyarán todo lo que tu corazón desea. Los tuyos irán contigo hasta el final.

La abuela se reunió con el gobernador estatal para mostrarle los planos para construir la planta de reciclaje. Le comentó la idea de emplear a las personas de las comunidades del municipio, para que así tuvieran la oportunidad de mejorar sus vidas con un empleo digno y más práctico.

Gracias al gran respeto que el gobernador tenía por la abuela, y además de que se dio cuenta de que era un proyecto magnífico y muy novedoso, accedió muy contento a permitir construir aquella planta de reciclaje, que hasta cedió los terrenos a casi nada para contribuir a la causa. La abuela le dijo que el proyecto estaría por terminarse justo antes de las nuevas elecciones estatales, que eso sería un buen ejemplo de su parte para ganar los votos de las personas. Le dijo que el pueblo necesitaba más gobernadores como él.

El gobernador estaba encantado de lo que la abuela le decía, por lo que prometió aportar fondos estatales en el proyecto para que se hiciera lo más pronto posible, y se comprometió a dar todos los permisos requeridos para la obra.

Esta maravilla del ingenio humano requería un plan maestro para darle vialidad al proceso, por eso fue por lo que Elida ideó un sistema de reciclaje en casa, para facilitar el proceso de la recolección en el momento en que llegara a la planta.

Sugirió que era necesario educar a las familias sobre el reciclaje de ciertos desechos plásticos, y metales que pudieran reutilizarse, así como el cuidado de ciertos desechos tóxicos que pudieran dañar a las personas o al medio ambiente.

Era un proyecto sin igual en ese tiempo, por lo que muchas compañías constructoras se ofrecieron en llevar a cabo la construcción.

Felipe tenía planes muy distintos a los que cualquiera pudiera pensar, porque buscó a Uicho para pedirle que se encargara de la obra de construcción.

Uicho los recibió en su casa muy alegre porque lo habían visitado, y les ofreció algo de comer y beber al momento, sin saber lo que Felipe le tenía preparado. Se sorprendió mucho cuando Felipe se lo pidió, porque no podía creer que le confiara semejante obligación. Pero Chendo le reiteró que era verdad, además de Raúl, quien también lo reiteró como cierto.

Uicho le agradeció a Felipe reconociendo el trabajo impecable que había hecho, y aún más agradecido estaba de que lo hubiera escogido a él para realizar la obra de construcción.

Felipe sabía que se requeriría todo su dinero para garantizar que la obra se construyera de acuerdo con su propósito, por eso gastó hasta el último céntimo que había obtenido de la venta de sus reliquias, y lo poco que salía de *La Fundación del Sur*, para que no faltaran fondos, y así la planta de reciclaje se construyera en el tiempo que había planeado.

Sin más fondos que sus reconocimientos, escuchaba con atención las pláticas de aquellos dos jóvenes que trabajaban en la viña junto con él, y con quienes después de un tiempo se hizo de una gran amistad, y a quienes llegó a confiarles algunas cosas personales; además, de que a ellos les gustaba mucho escucharlo cuando platicaba sobre la libertad del espíritu, y las buenas costumbres que los podrían guiar a su realización personal. Los muchachos lo respetaban, pues había un buen espíritu en ellos que los hacía acercarse a los consejos de Felipe.

En uno de esos días cuando regresaba de la jornada a la mansión, lo atrapó el atardecer con sus destellos misteriosos, los cuales lo cautivaron de una gran manera, al grado de sentir una gran necesidad de meditar por un rato.

Se detuvo entre unos pequeños árboles donde solo se escuchaban las aves cantar y el sonido del agua del rio, el cual se confundía con el del viento cuando tocaba las hojas de los árboles. Se acomodó lo mejor que pudo en medio de los árboles, con el sol bañando su cara con esa luz ámbar que penetraba en sus emociones, haciéndolo caer en un estado profundo de meditación, el cual lo llevó hacia una batalla donde el ego se apoderaba de sus pensamientos. «¿Cómo es no pensar?» Debatía Felipe dentro de su búsqueda personal.

Se desprendió paulatinamente de todos los ruidos en su mente, hasta llegar a un estado donde se encontró en un rincón solitario, temeroso y confundido.

El ego no lo atacaba, por lo que se diluyó más profundo dentro del momento en ese rincón solitario. Se sintió despreocupado de lo externo y personal en el mundo, por lo que se desprendió del cuerpo, y viajó en el momento a la pirámide de *La Anciana del pelo Blanco*, quien lo esperaba como siempre sentada en la piedra azul.

Ya nada lo sorprendía en ese momento de su vida, pues no eran los prejuicios terrenales los que le preocupaban estando en el espíritu.

La anciana se aproximó al altar, de donde tomó uno de los muchos artefactos que tenía, y lo apuntó a donde estaba Felipe, o al espíritu que le daba fuerza a quien llamaban Felipe, quien solo la miraba muy asombrado sin saber qué hacer, y no muy seguro de que entendía lo que la anciana le decía.

—Ahora la llave es tuya enteramente —le dijo la anciana— Debes de proseguir a tu próximo paso, la lanza te esperará cuando estés listo.

Felipe trataba de asimilar lo que pasaba, cuando la anciana le insistió que debería procurar lidiar más consigo mismo, en vez de ocuparse o preocuparse con los problemas con que el mundo lo entretenía, porque ese era el verdadero camino a la verdad, la cual ahora le tocaba proteger.

No había dudas ni miedos en ese momento en él, y ningún deseo carnal o aberración lo seducía, por lo que tomó todo muy seriamente, y volvió de nuevo a donde estaba su cuerpo al abrir los ojos, a petición de la anciana. Antes de caer en su silencio y escapar del momento fuera de su cuerpo, en medio de estos árboles que se rosaban con el viento, una hoja calló de una de las ramas, sosteniéndose por el viento que formaba un pequeño remolino, el cual la hacía caer lentamente en el momento en que Felipe cerraba los ojos para meditar.

Al abrir los ojos se dio cuenta de que la hoja del árbol aún no tocaba el suelo, sintiendo la impresión de que jamás se había ido, pero su ser sabía que todo era real, que no lo había inventado o imaginado.

Algunos dirían que son solo alucinaciones por la esquizofrenia que el mundo experimenta, y que el ser acoge con las ideas que se le sugieren en el modelo que rige sus aspiraciones. Los medios políticos y religiosos demandan una fe inquebrantable respecto a las ideas, no dejando lugar a la abertura de la conciencia, a la libertad del espíritu. Cada uno juzgue por sí mismo.

Regresó a la mansión firme en sus convicciones, por lo que se mostró muy abierto y servicial con todos, más de lo que ya estaban acostumbrados de él. Todos se sentían de lo más cómodos y queridos por la felicidad que se reflejaba en sus acciones y emociones con las que se dirigía en su servicio. La única que sabía que algo le pasaba era Elida, quien lo interrogó en sus charlas nocturnas, para saber cómo apoyarle en lo que le pudiera estar pasando en sus emociones de conflicto.

—Yo siempre apoyaré vuestras decisiones. Claro que, si vuestra decisión es no contarme, pues que me habéis tomado como una extraña entonces —le dijo Elida, como reclamándole un poco por su silencio.

Esa noche habían estado hablando en la biblioteca de la mansión para no perturbar el sueño de oro de *Luz de Luna*.

Al momento en que Elida le decía aquellas palabras, Felipe pensaba sobre los acontecimientos que estarían por venir, y no sabía precisamente qué contarle a su amada, para que ella no se fuera a preocupar por el destino que los divinos habían precisado en ellos.

Elida se fue a la habitación en donde Estaba Emma dormida en la cuna, y se sentó a su lado para contemplarla mientras dormía, pensando en aquellos designios que Felipe temía; pues, a los que Dios escoge para su plan, son seres elevados que no tienen nada que ver con los prejuicios del mundo material.

Estos observadores sienten el llamado dentro de sí, con la sensación que su espíritu ha desarrollado, para encontrarse a sí mismos en un plano aparte de sus huesos y carne doliente.

Esa noche Elida tuvo un sueño, en donde sentía que flotaba en el aire, con su amada hija Emma en sus brazos, y llorando muy asustada. No sabía qué era lo que estaba pasando, pero presentía que era algo que estaba por venir, por lo que se fijó bien para no perder los detalles, en caso de que le fueran a ser necesarios en un momento dado.

Los días pasaban con la misma sensación que muchos sentimos en algunas ocasiones, cuando no sabemos lo que debemos hacer, y esperamos a que algo pase para que nuestras vidas cambien de una cierta manera, como si un mejor día estuviera por venir, para que nuestros sueños se conviertan en realidad. Sabemos que no es así.

Muchos desperdiciamos nuestro tiempo esperando a que la vida nos muestre las señales, las cuales quisiéramos tener para saber qué es lo mejor que debamos hacer, sin saber que es menester de cada uno el buscar su destino a su propia manera, sin esperar a que un día todo cambie por sí solo. Al contrario, buscar el destino es la mejor manera de enfrentar el camino, al cual el espíritu debe someterse para aprender lo mejor que pueda en su propio ejemplo en la vida carnal.

Ambos sabían que lo mejor que podían hacer era enfrentarse a su destino sin temor por las adversidades, las cuales presentían por los indicios en sus sueños.

Además, Felipe sentía que la protección divina estaría de su lado, tal como lo había hecho hasta entonces. Que el propósito bien valía la pena por el sufrimiento que tenían que experimentar. Aunque no estaba del todo de acuerdo, y se negaba a creer que esa era la única manera.

Los abogados de la abuela se ocuparon en tramitar una visa para que pudieran emigrar a aquel país, en el cual Felipe presentía tendría un gran impacto en su vida personal y espiritual.

Justo en el tiempo que les tomó preparar las cosas necesarias para que partieran, después del primer cumpleaños de su amada hija Emma. Era la fecha más esperada por todos en la mansión, por lo que se prepararon durante días alistando todas las cosas necesarias para asistir a los invitados, quienes eran en su mayoría los trabajadores del campo y sus familias. Todo el lugar estaba lleno de flores por todos lados, con todo tipo de adornos que las personas habían traído para celebrar el primer año de Emma. Felipe y Chendo le fabricaron una silla especial, en donde se sentaría para soplar las velas del pastel, el cual Mamá Chayo, Elida y la cocinera prepararon durante dos días para la fiesta. Se quebraron dos piñatas ese día, con gran dificultad, por cierto, porque Elida y la abuela las habían fabricado ellas mismas con la intención de que duraran lo más que se pudiera, para que los niños tuvieran más con que entretenerse antes de partir el pastel y servir la comida. Sin duda fue el día más alegre que se había vivido en la mansión, el cual les recordaba a todos cuando Elida había cumplido su primer año.

_jema_sid

Capítulo 2

El dolor de las despedidas

Siempre nos preparamos de ante mano para celebrar y disfrutar de las fechas conmemorativas, las cuales algunas duran tan solo un día. Al menos casi todas las fechas que se celebran alrededor del mundo; o algunos pocos días en algunas culturas que veneran ciertas creencias.

El fervor con que se reúne la gente es sinónimo de alegría y gozo, pero en ocasiones se transforma en confusión extremista, por las ideas que se usan para manipular los intereses de algunos pocos, quienes engañan a los inocentes para actuar según el interés de estos mezquinos faltos de la verdad. La misma verdad que está abierta para todos por igual, pero que se tergiversa para manipular y engañar.

La desinformación por intereses políticos y religiosos acarrea divisiones idealistas y existenciales, las cuales lastiman la igualdad y el derecho a la libertad. Quienes poseen el poder nunca dejarán que seamos libres de pensamiento o acción, pues de alguna u otra manera tuercen la historia para acomodarla a sus intereses, además de ridiculizar a todo aquel que intente advertir sobre sus mentiras.

Ahora resulta que lo bueno es un chiste al que no debemos poner atención, y lo ridículo e irracional es lo que nos sugieren aceptar como lo adecuado.

El recuerdo del buen momento que pasaron perduró por muchos días, la alegría de los niños corriendo por todo el jardín, y lo a gusto que la gente se sentía con todos; pues, todos mostraron una gran confianza y complacencia al ser atendidos y servidos por todos los que vivían en la mansión. Lo que más complacía a Elida y a Felipe, era el hermoso atardecer con que el universo había mostrado su regalo, para que todos pudieran disfrutar de esa hermosa luz ámbar, la cual se quedaría en el recuerdo de muchos como uno de los mejores atardeceres que habían visto en su vida.

El problema en las celebraciones es de que alguien tiene que encargarse de la limpieza después de todo el relajo. Nadie podría negarlo.

A pesar de que algunos se ofrecieron para ayudar con la limpieza, les tomó casi todo el día siguiente para poder dejar todo tal como estaba antes de la fiesta. Es indudable que el trabajo en equipo y la solidaridad es la clave para poder lograr cualquier objetivo más rápido y fácil. Fue por ese sentimiento de inclusividad que los de la mansión transmitían con su simplicidad y harmonía, por lo que los trabajadores y sus familias se gozaron ayudando.

La gente le regaló a Emma un sinfín de cosas que en verdad no necesitaba, pero fueron recibidas con gran agradecimiento y respeto. Las cosas que Emma no usaba las donaron a las familias con bajos recursos, en la primera visita de servicio que hicieron a las comunidades de la región.

Uno de esos días después de haber regresado de dar servicio a la comunidad, Felipe sentía dentro de sí la necesidad de caminar por la viña para pensar bien lo que debería hacer, y poder garantizar el bienestar de los que amaba. Pensando en lo mejor que era para ellos, se perdía en los reproches por culpa de sus miedos, los cuales lo atormentaban al pensar en lo que podría pasar en el futuro con ellos.

Casi al llegar al rio se detuvo y se sentó a la orilla de la viña, porque le empezó a doler un poco el vientre por la angustia que sentía.

Más que angustia, era el dolor que sentía al saber de lo que estaba por venir en su camino, pues sabía por las visiones y premoniciones que el destino le mostraba, que lo que deseaba en su corazón para los que amaba sería algo muy difícil de conseguir, pero también sabía que existía una posibilidad de que todo resultara al final tal como los divinos lo habían planeado, y eso lo hacía sentir un poco mejor. Lo suficiente como para poder disfrutar del atardecer, el cual cubría a Felipe con más melancolía que de costumbre.

Antes de que el sol se escondiera de la noche, Gabriel apareció detrás de los últimos rayos del ámbar del atardecer justo en el momento en que Felipe miraba hacia el horizonte. Se acercó a él con esa apariencia sublime en su rostro, lleno de una sonrisa que irradiaba una luz contagiosa, la cual nadie podría contener la seriedad al verle. Así mismo a Felipe se le llenó el rostro con una sonrisa que casi se le salía de la cara, cuando se dio cuenta de que era él. Lo abrazó con un gran sentimiento, al grado de que se le salieron las lágrimas por la emoción de pérdida e impotencia que no podía contener en su pecho, preguntando a Gabriel como un niño desconsolado el porqué de su destino. Gabriel lo acurrucó contra su pecho, y consolándolo, tal como un padre hace con sus hijos angustiados por la incertidumbre de la vida y sus lecciones de dolor. Caminaron por la orilla del río hasta que salió la luna llenando todo el valle con su luz imperante sobre la noche, la cual mostraba a Felipe un lienzo hecho de vida, mientras escuchaba los consejos de Gabriel, para lo que le deparaba el destino en los próximos años.

Ninguno de sus detalles se refería a las cosas materiales, o situaciones por las que tendría que pasar. Más bien, se enfocaba en lo espiritual e íntimo, para que no se confundiera con el apego, según lo que Felipe lograba comprender en el momento.

—Nuestro padre es cuidadoso al mostrarnos el momento —dijo Gabriel, señalando la luna, la cual se opacó con un tono rojizo muy intenso—. Contempla su poderosa sabiduría. «Luna de sangre». Pensó Felipe.

Gabriel le explicó que ésa era la segunda señal que definía a su espíritu, de una forma en que ningún hombre lo había logrado jamás, pero que no todo le era dado dadivosamente, sino que se le había encomendado para que llevara a cabo la tarea necesaria para lograr un balance cósmico más estable.

Que debería ser consiente para no confundirse en el momento que deba decidir entre lo carnal y lo más relevante como espíritu, porque habría momentos en los que su ser sería probado, para asegurar que podría alcanzar el despertar suficiente para poder luchar contra la tiranía que domina a este mundo.

Le dio instrucciones precisas de no llevar el medallón ni el pectoral con él, en su próxima migración hacia aquel próspero país del norte. Que se debería enfocar solo en el libro por el momento, y que debería guardar lo que se le había encomendado en un lugar seguro.

Él mismo le sugirió que la cueva sería lo más ideal para que nadie pudiera nunca obsesionarse con *Las Herramientas del Orden*. Además, Felipe era el único que contaba con la llave para poder tener el acceso.

Felipe notó la insistencia de Gabriel, al recordarle por segunda vez ocultar el medallón y el pectoral, por lo que Felipe le dijo que ya lo había hecho conforme a sus consejos, a pesar de que sentía que los necesitaría en algún momento.

Felipe no sentía temor alguno, ni tampoco lo opacaba la avaricia, pensando que tenía todo para quedarse en la mansión de la abuela, porque todo eso le era insignificante; pues, siempre fue un mendigo que no participaba en el afán de ganar dinero, mucho menos de ser famoso o popular. Sabía que su camino lo debería formar a su manera, sin que los prejuicios lo llevaran a cometer los errores que siempre evitó, pero que en ocasiones descuidó por falta de persistencia en prestar atención a los detalles.

Volvió a la mansión justo en el momento en que la cena estaba lista y servida en la mesa, donde todos estaban reunidos como una gran familia, sin prejuicios de obligaciones o discriminación de clases. Nadie comía hasta que todos se sentaban y oraban pidiendo por los más necesitados, además de pedir el consejo personal para cada uno por parte de Dios, y su guía para obrar bien en todo momento.

Por primera vez en muchos años volvían a disfrutar del calor de hogar y el amor verdadero. De esos momentos irrepetibles que en muchas ocasiones solemos ignorar, o no valoramos adecuadamente.

Felipe observaba con gran orgullo a los niños muy contentos y felices, hablando como siempre de cosas que los mayores tratan de evitar. Su compadre Chendo y Mamá Chayo, bañados en risas platicando con la abuela y Raúl, sobre sus aventuras de la juventud, como si fueran unos grandes amigos.

Felipe se quedó observando a Elida mientras le daba algo de comer a su amada hija Emma. De igual manera, Elida lo observaba también en ese momento, con esa intuición femenina que las madres logran desarrollar más que los padres. Ella sabía perfectamente lo que pasaba en la mente de Felipe en ese momento, de su gran sentir apasionado de la vida, sin que los prejuicios lo conjuren a contribuir; pues, él era un hombre simple sin ambición de riquezas ni lujos, solo anhelaba la sabiduría y verdad sobre el espíritu, y las vicisitudes que experimenta en la vida carnal.

Elida interrumpió el acostumbrado alboroto que hacían en cada noche a la hora de cenar, pidiendo por favor la atención de todos, porque Felipe tenía algo muy importante que decirles. Sin quitarle la mirada a su amado, convencida de su gran valor como hombre y espíritu; pues, ya conocía toda su intimidad. La descubría cuando lo amaba, y al perderse en lo profundo de su mirada.

Todos se callaron sus carcajadas de alegría, y prestaron atención gracias a la insistencia del más pequeño de los hijos de Chendo, quien observaba detenidamente lo que pasaba entre Elida y Felipe, pues parecía como si se hablaran solo con el pensamiento. Por eso fue por lo que en ese momento el niño ayudó a Elida para llamar la atención de todos, gritando que todos guardaran silencio porque Felipe quería decirles algo. Ya

33

que no habían escuchado a Elida muy bien por las carcajadas que la abuela y Mamá Chayo exageraban al platicar.

Felipe les explicó que deberían irse para empezar su propia vida como familia, sin estar dependiendo de nadie más. Que no era por menos preciar la atención de la abuela, por dejarlos quedarse en su casa el tiempo que les fuera necesario. Lo hacía para demostrarse asimismo que era capaz de empezar desde abajo, como cualquier simple noble que intenta ganarse la vida con sus facultades, y poder construir su propia historia. Quería dejar un ejemplo de nobleza y sacrificio para su hija, para que no se acostumbrara a las comodidades con que contaba en la mansión. Para que, de alguna forma, llegara a comprender un poco la intención con su ejemplo, pero no para que pensara como él, sino para que tomara en cuenta algunas vicisitudes, las cuales son necesarias para comprender la nobleza del espíritu, y su tendencia a buscar la razón de la conciencia.

Sabía perfectamente los riesgos que tenían al quedarse, porque los maestros de la mentira los buscarían sin importar en dónde se refugiasen, para borrar el intento por sacar la verdad a la luz.

Además de los avaros corruptos y codiciosos, por eso es por lo que no podía darse el lujo de arriesgar a que el padrastro de Elida se diera cuenta en dónde estaban, pues tarde que temprano la ambición lo tentaría para perderse más aún en su debilidad material, e intente matarlos.

Por eso y por muchas más razones personales, fue por lo que Felipe tomó la decisión de migrar al país del norte, por contar con mejores esperanzas de progreso y protección para sus amados. Sabía que ese país jugaría un rol muy importante en su camino espiritual, por lo que sentía que debería estar en aquel lugar para así alistarse para el momento designado por los divinos, en su lección personal, para que pudiera despertar en la verdad.

La abuela se levantó de la silla con un salto de alegría, y sintiendo un gran orgullo en su pecho porque se le había venido a la memoria el momento cuando sus tres hijos habían decidido buscar su camino a su manera.

Se puso muy contenta de saber que Felipe tenía el mismo ideal que su amado esposo fallecido, quien procuró hasta los últimos momentos de su vida inculcar el ejemplo a sus amados hijos. Ese que daba en su desinterés por servir a los más necesitados.

Estos tres nobles niños, sirvieron con sus vidas al pueblo en todas las intenciones de su ser, gracias a aquel gesto tan noble de parte de su padre. El mismo que crecía en el corazón de Felipe, y el mismo que Raúl reconoció en el momento que lo vio por primera vez.

Raúl se levantó de la mesa para felicitar a Felipe, y darle un abrazo a Elida y a Emma, porque Elida la tenía en sus brazos en ese momento. Raúl las besó en la frente a cada una, con los ojos llorosos por saber que se alejarían de ellos nuevamente.

Raúl recordó aquel día cuando la mamá de Elida había tomado la misma decisión de enfrentar su propio destino, cargando a Elida en sus brazos, en la misma silla y con la mayoría de la familia reunida.

Parecía como si las cosas se repitieran una y otra vez, por lo que Raúl, al darse cuenta de esto, comprendió las lecciones que su espíritu necesitaba para trascender más allá de lo que la mente pueda imaginar, por lo que se perdió en la singularidad del momento para aprovechar todo detalle.

Le pareció como si estuviera en ambos lugares en el tiempo, viendo a Josefa cargando a Elida, y a Elida con Emma en sus brazos, en el mismo lugar y con las mismas palabras que Felipe pronunciaba dando sus motivos; así, miraba a el papá de Elida decir sus motivos para empezar su propio destino como familia.

La abuela escuchaba a Felipe muy atentamente, a pesar de que, para su edad, él era tan solo un chiquillo intentando ser valiente. Ella era una mujer muy sabia y abierta a toda opinión, pues ni la soberbia o la apatía la confundían en el momento de brindar la atención a cualquier persona, sin importarle la condición social.

Los demás los felicitaron por la gran decisión que habían tomado, pero mostraban caras de tristeza al saber que se alejarían de ellos. En especial Chendo y Mamá Chayo, a quienes se les salieron las lágrimas por el gran cariño que les tenían, al sentir que se alejarían de ellos. Felipe calmó un poco las cosas diciendo que no lo harían para toda la vida, que no se preocuparan porque vendrían cada año si era posible para visitarles, que procurarían hacerlo especialmente en el cumpleaños de Emma.

Las lágrimas se secaron con un poco por la alegría de los niños, quienes no dejaban de repetir que se sentían muy orgullosos de Felipe, y en seguida fueron y lo abrazaron con mucho cariño.

El más pequeño de los tres dijo, «Sé que nos volveremos a ver». En ese momento todos rieron por la simpatía con que aquel niño había dicho aquellas palabras.

Después de la cena, y de haber metido a los niños en la cama, se reunieron en la biblioteca de la mansión para discutir los detalles de cómo y cuándo sería su partida.

Cada uno opinaba intentando persuadirlos de que la mejor decisión era el quedarse en la mansión, al no tener necesidad alguna de emigrar a ningún lugar, pues en ningún lugar tendrían la comodidad ni el cariño que ellos estaban dispuestos a darles. Ni Elida ni Felipe dudaban de que eso fuera verdad, pero como ya les había dicho, él quería hacer su vida a su manera, por lo que les pidió su apoyo y su comprensión.

Ninguno pudo negar las palabras de Felipe, por lo que muy tristes aceptaron la idea de que la decisión había sido tomada, que no habría marcha atrás por ningún motivo. Además de que ellos mismos reconocían los peligros que posiblemente tenían al quedarse, pues tarde que temprano los malvados se las arreglarían para localizarlos. Lo único que les quedó por hacer fue el apoyarlos en lo que les fuera posible, lo cual hicieron sin dudar.

La abuela, gracias a su confidencia y amistad con el gobernador del estado, les había conseguido las visas para que pudieran viajar sin ningún problema.

El gobernador tenía buenas relaciones con la embajada de ese país, y no le costó mucho trabajo para conseguir las visas sin ningún contratiempo.

Todos estaban algo tristes porque partirían muy pronto, de acuerdo con los planes que entre todos acordaron en esa noche, sobre qué deberían de hacer dependiendo de las situaciones que se llegaran a presentar en determinado momento. Ya sea, porque el padrastro de Elida los intentara seguir para matarlos, o que los iluminados por la mentira los localizaran para aniquilarlos a todos. Eso era algo que todos acordaron muy responsablemente, en cada una de sus tareas por hacer para que nunca pudieran localizarlos.

Todos en la mansión sabían perfectamente de los riesgos que corrían, después de lo que habían experimentado hasta el momento, por lo que no escatimaron en detalles para asegurarse que estarían de acuerdo en todo de lo que posiblemente llegara a pasar.

Esos días de despedida dolían mucho para todos, porque sentían que los extrañaban, aún antes de que se marcharan, por lo mucho que los amaban de verdad. Lo único bueno que podían darles eran sus consejos, por eso fue por lo que ninguno se perdió el momento para hablar con ellos sobre las cosas inesperadas que se presentan en la vida común, por lo que deberían tener cuidado en el momento de tomar cualquier decisión. Uno y mil consejos sugerían cada uno, que más que consejos eran deseos del alma para que nada les pasara, los cuales Elida y Felipe comprendían a la perfección, por lo que ninguno lo tomaba a la ligera.

La abuela impuso la costumbre de reunir a todas las mujeres de la mansión en el jardín que su marido había construido para que sus tres hijos disfrutaran su estancia, y les sirviera de inspiración en sus vidas. En ese lugar se gozaban de sus últimos días juntas, e intentaban hacer que cada segundo fuera eterno, a pesar de que en verdad pareciera como si el tiempo pasara el triple de rápido, que hasta en ocasiones se quedaban hasta muy tarde al negarse a aceptar de que ya era la hora de la cena.

Mamá Chayo le ayudó a tejer un montón de chambritas para la pequeña Emma, porque la abuela les había dicho que por aquellos lugares a donde ellos querían emigrar hacía mucho frío. Por eso fue por lo que entre todas las mujeres se ayudaron para crearle toda una vestimenta digna de una princesa. No solo para el invierno, porque también le confeccionaron algunas prendas para que pudiera vestirlas en cada estación del año. Elida no se negaba a los consejos de sus amadas, sabiendo que lo hacían de todo corazón, pues ella sentía de la misma manera la melancolía de la despedida. En muchas ocasiones tuvo que aguantarse las ganas de llorar al verlas muy apasionadas tejiendo con mucho amor aquellos hermosos vestidos para *Luz de Luna*. En algunas ocasiones les ganó el sentimiento, por lo que lloraron abrazadas mientras se metía el sol, y prometiéndose entre ellas que siempre estarían dispuestas a ayudarse la una a la otra en todo lo que fuera posible. Sin titubeos se reiteraron cuanto se amaban, y lo dispuestas que estaban en dar la vida por cualquiera de ellas.

Todas se reunían alrededor de Emma tomadas de la mano para cantarle las canciones que la madre de Elida le cantaba cuando ella era niña, justo antes de que se metiera el sol, en aquellos atardeceres arrebolados con que el universo atestiguaba su amor.

Cada uno empacó lo indispensable en sus maletas, solo algunos objetos de importancia personal, y cinco cambios de ropa; además de una gorra que le gustaba mucho a Felipe, la cual era muy característica de esa época.

La abuela le regaló a Elida un sombrero hecho por un diseñador de nombre *Vuitton*, el cual su marido le había regalado cuando habían cumplido el primer año de casados. Elida se alegró de gran manera al saber que por fin seria suyo, aquel sombrero que admiraba desde que era una niña. Recordó aquellos días cuando la abuela se lo ponía para salir a pasear con el abuelo.

—Merci beaucoup, grand-mère —Le dijo Elida.

—Daria mi alma por verlos felices, mi pequeño capullito de amor. Vuestro abuelo me lo dio en una hermosa tarde en París. Además de que, me hizo prometerle que se lo regalaría a nuestra primera nieta. ¿Podéis imaginar tal cosa? Aún no planeábamos sobre las crías, y este galán proponía nietos. Por eso fue por lo que me enamoré de él, por su gran visión sobre las cosas, pero sobre todo su visión en la vida —Tomó una pausa y suspiró—. Cuanto lo he extrañado.

Elida, tocada por el sentimiento de ver a la abuela recordando al abuelo con tanto amor, se paró en seguida para abrasarla y darle un gran beso en la mejilla, diciéndole que la amaba. La abuela le dio un beso en la frente mientras sus lágrimas caían en el rostro de Elida, al momento que le decía que ella las amaba de igual manera.

La luz del sol entraba por la ventana, bañando a la pequeña Emma con una gran luminosidad, quien por las sábanas blancas parecía como si brillara por sí sola. En el momento que Elida se levantó de la silla, el sombrero cayó en la cabeza de Emma, justo en el momento en que intentó ponerlo encima de la carriola donde estaba *Luz de Luna*. El sombrero resbaló gracias a una ventisca que sopló lo suficiente como para que cayera justo sobre su cabeza.

Felipe tuvo el tiempo de despedirse de sus nuevos amigos, quienes trabajaban junto con él en la viña, y platicar un buen rato con aquel chaval que le había contado la aventura de su primo al cruzar la frontera. Por alguna extraña razón, quería saber sobre algunos detalles que le pudieran servir algún día; pues, presentía que su destino lo llevaría en algún momento a las mismas circunstancias que aquel atrevido emigrante había experimentado.

Su gran amigo de toda la vida lo acompañó en todo momento, tal como ya era costumbre de los dos, pero en esta ocasión era más significativo por aquello de que partiría muy pronto lejos de ellos.

Chendo se tomó el tiempo para expresar todo lo que sentía por su gran amigo, que más que eso, lo quería como a un hermano. Por eso era por lo que se sentía muy triste.

—No me iré para siempre, maje —Le dijo Felipe, al verlo muy sentimental por el tema.

Faltando algunos pocos días para que partieran, Raúl y Felipe tomaron una caminata por la viña, justo al lado del rio por donde Felipe gustaba ir por las tardes a meditar. Hablaron sobre algunos asuntos que a Felipe le inquietaban, porque quería estar seguro de que el padrastro de Elida nunca llegara a saber sobre su paradero.

Le hizo prometer a Raúl sobre algunas cosas que debería hacer en determinado momento, las cuales no eran claras para él en ese instante, pero que en su debido tiempo le contaría de lo que se trataba.

Raúl confiaba en Felipe por el gran carácter de espíritu que reflejaba, porque le recordaba a su gran amigo del alma en aquellos días celebres de la juventud, por eso le prometió llevar a cabo todo cuanto le pidió, después de haber escuchado algunas de las razones que Felipe presentía. Como le conocía muy bien hasta entonces, no dudó en los consejos que Felipe le dio, a pesar de ser mucho más viejo que él.

Raúl había reconocido la sabiduría que Felipe profesaba con sus palabras, con sus consejos de viejo; siendo muy joven aún. Eso fue lo que llamó su atención, y reconoció firmemente en su corazón que Felipe estaba destinado por Dios para hacer algo extraordinario, pero no tenía la certeza de lo que se trataba. Eso fue lo que lo convencía a tomar en serio lo que Felipe le sugería. Felipe le dio instrucciones precisas de cómo y dónde se comunicaría con él para que no existiera ningún rastro que los malvados pudieran aprovechar para descubrir su paradero. Que no debería llevar a nadie más con él en ningún momento, pues solo así se evitaría que cualquier mortal supiera la vía de comunicación que usarían. Raúl lo tomó algo escéptico por el medio que le había sugerido, porque le pareció algo no muy realista que digamos.

Felipe le había pedido que visitara a *La Anciana del pelo Blanco* para poder comunicarse con él, porque ella le daría todas las instrucciones necesarias de cómo y cuándo podría visitarle para recibir sus mensajes, en caso de que fuera necesario. «Confía en mí». Le dijo Felipe, mientras ponía su mano sobre el pecho de Raúl, quien le sonrío un poco incrédulo, pero luego aceptó de buena gana, al ver la decisión de Felipe en sus ojos. No pudo encontrar el rastro que deja la mentira, ni la incertidumbre en sus palabras, pues Felipe se mostraba de lo más seguro y firme en sus convicciones, porque en ese momento ya tenía la certeza de su destino, solo le faltaba ver por sí mismo cómo era que se desarrollarían los acontecimientos, los cuales lo llevarían al lugar y momento adecuado para poder poner a prueba su intención de ayudar sin esperar algo a cambio.

Felipe sabía que nada era seguro en la vida, solo la muerte carnal era garantizada, pero el momento y la manera cambiarían de acuerdo con nuestras decisiones, de aquellas que pudieran influir en el suceso.

Sabía que todo podría cambiar de un momento a otro, sin importar lo que presentía y miraba en sus visiones y sueños. Se dio cuenta de eso en algunas ocasiones, en las que se ponía a prueba él mismo para experimentar sobre lo que pasaría si intervenía o no en algunas de sus visiones. Así fue como Felipe se dio cuenta de la libertad del espíritu en la vida carnal, y que era solo en esta vida en la que se podría llevar a cabo tal tarea, la cual era necesaria para el crecimiento espiritual de cada ser.

Felipe le confió algunas cosas especiales a Raúl, para que este no se sintiera ajeno a los mandatos de los divinos, y que supiera que él formaba parte de todo lo que pasaba; pues, en el momento adecuado recibirá el impulso que genera el espíritu del bien, para que lleve a cabo su tarea de aprender ayudando a los demás.

Le pidió que lo llevara al pueblo donde habían construido su diseño arquitectónico, porque quería llevar algunas cosas para los pobres de ese pueblo, antes de marcharse al extranjero. Raúl no dudó en hacer todo cuanto Felipe le sugería, por lo que muy alegre al lado de Chendo preparó el camión para que todos pudieran ir con ellos.

Se dio el tiempo de convivir lo más que pudo con todos en todo momento, hasta en el camino al pueblo disfrutaba de las charlas inocentes de los niños, quienes llenaban con sabiduría las dudas de los mayores, sin que esa fuera su intención. O tal vez, esa fuera la intención de los espíritus que nos guían en nuestras vidas, y se valieran de la nobleza de los pequeños para trasmitir sus consejos.

Mamá Chayo no se separaba en ningún momento de Elida, aconsejándola y contándole muchas cosas que no había podido compartir con ella. La verdad era que ella no se resignaba a la idea de que se irían muy pronto de su lado, y no sabía ni cómo ni cuándo volvería a verlos; pues, ella la había llegado a querer como si fuera su hija, y le partía el alma en dos saber que se alejaría de ella.

La abuela de Elida se había dado cuenta del cariño que Mamá Chayo había depositado en su nieta, y amaba a Emma como si fuera su misma abuela, por eso reconoció a aquella pobre mujer de espíritu más elevado, como si fuera de su familia. La abuela sabía que Elida debería enfrentar su propio camino a su manera, tal como querían intentarlo en el extranjero, por eso apoyaba la idea, a pesar de saber los peligros que corrían.

Felipe se encargó de contarle todo lo que había pasado en la capilla del pueblo donde predicaba el padre Joaquín, sobre algunas cosas que pasaron cuando vivían en el basurero, por

42

eso fue por lo que la abuela ayudó a que se fueran lo más seguro que se pudiera, pero sin tanto alboroto para no levantar chismes que pudieran llegar a oídos de los malvados mentirosos.

Llevaron víveres para los niños de la escuela de la parroquia, además de ropa y zapatos, los cuales Raúl se encargó de conseguir con algunos de sus conocidos en la capital del estado. La abuela, Mamá Chayo y Elida se encargaban de darle productos de higiene personal a las mamás de los niños, así como pláticas de cuidado y remedios para contrarrestar las infecciones en el hogar; además, de la importancia que tiene el respeto mutuo. El cual, por el sentir del espíritu hacia lo bueno, sabemos que debe promoverse en casa primero, con las buenas educaciones de respeto por la vida, con el sentido común del bien y la honestidad.

Felipe aprovechó un momento de respiro para llevar a Raúl hasta la casona de la anciana y mostrarle el lugar, pero tuvo que pedirle que caminaran para que nadie pudiera seguirlos, en caso de que los estuvieran espiando. Que hasta la vestimenta tuvieron que cambiarse para estar seguros de que nadie los reconocería, por lo que vistieron los trapos viejos que Felipe guardaba en uno de sus baúles, justo para esa ocasión, según él. En el camino Felipe aprovechó para mostrarle a Raúl algunas casas de donde lo habían corrido por lucir desagradable, cuando vivía en el basurero y caminaba por esas calles. Raúl reconoció algunas de las casas entre las que habían recibido ayuda de las fundaciones que Felipe había hecho, y se sorprendió de gran manera al saber cómo la gente lo había tratado, y aun así Felipe los había ayudado.

Reconociendo en seguida el gran corazón que Dios le había dado a Felipe, lo abrazó con la cara llena de lágrimas por el gran sentimiento que sentía en su pecho, y le dijo que se sentía muy orgulloso de él, por la gracia de su bondad.

Continuaron caminando hasta una casa donde crecía un laurel frondoso, para tomar algo de sombra, porque el sol pegaba muy duro a esa hora del día. Raúl escuchaba la sabiduría que Felipe le trasmitía sobre sus experiencias, con gran respeto y atención, pues reconocía la fuerza y sabiduría del espíritu de Felipe.

Al estar platicando sobre algunas vicisitudes, una señora salió gritándoles que se fueran de ese lugar, porque apestaban y lucían mal; arrojándoles agua para que se movieran.

—¡A la chingada de aquí pinches mugrosos jediondos! —Gritaba la señora— ¡Esta gente no sé qué me da, que me hace sentir no sé cómo!

Felipe jaló a Raúl del brazo para librarlo de quemarse con el agua caliente que les había aventado la señora, en su arranque de odio por sus inseguridades y debilidades.

Raúl se había quedado inmóvil mirando a la señora que se aproximaba hacia ellos sin titubear, con el rostro lleno de asco y repulsión, lo cual le causó un ataque de nervios al ver que la señora se había atrevido a aventarles el agua caliente. No podía creer aquella escena que se suscitaba ante él, porque le costaba reconocer la verdad por su propia experiencia, y no pudo contener el llanto en medio de la calle.

Apenas logró esquivar el odio de aquella pobre mujer ignorante de su propia condición, cayó de rodillas con un gran dolor en su corazón, porque recordó que había sido él mismo el que había entregado a aquella familia los bienes que Felipe había designado para ellos. Felipe lo tomó del brazo para ayudarle a levantarse, tratando de explicarle lo que pasaba con un sentido diferente al del ego o la vanidad; pues, intentaba decirle que no se trataba de nadie más, solo se trataba de sí mismo, antes de juzgar la imperfección en otros; pues, si se logra diferenciar entre lo que se hace, se logra entender las acciones que los demás hacen ante nosotros, no para juzgarlos, pero, sí para aprender.

—Dime, Raúl… ¿Qué aprendiste de esto? — Le preguntó Felipe, cuando Raúl tomaba algo de fuerza, y reconocía la lección que la vida le daba.

44

La señora no lo había reconocido por la vestimenta de mendigo que Felipe le prestó para la ocasión, aun cuando había sido ella misma quien había recibido el dinero de las manos de Raúl. Pero esa había sido una situación diferente en donde Raúl vestía muy distinto a como estaba ese día con Felipe en *La calle de la amargura*. Cada uno juzgue a su manera.

Con la lucidez suficiente siguió a Felipe unas cuantas cuadras más, escuchando sus enseñanzas con el mismo asombro que tiene un niño al aprender algo nuevo.

Felipe le contó la fábula de las canicas y su simbolismo en el mundo moderno, sobre la trama que se inventan los gobernantes para dominar sobre los inocentes.

Raúl intentaba comprender aquella parábola al comprender en carne propia la injusticia y la desigualdad que se vive por todos lados. Además de todas las mentiras con que los poderosos se valen para dominar y engañar a la población mundial. Reconoció cuánta razón tenía Felipe al referirse a aquellos mal intencionados como los titiriteros mezquinos.

De espaldas a la casona de la anciana, mirando hacia la tapia de adobe donde jugaban los niños a las canicas, Felipe reconoció en Raúl la intención que dejan los divinos en sus elegidos, y le dijo que estaba listo para dar su siguiente paso en su vida espiritual.

Lo tomó del hombro con su mano derecha, señalando con su mano izquierda hacia la casona de la anciana, como una invitación amable para continuar.

—Vamos, que de seguro nos está esperando —. Le dijo Felipe.

En la entrada de la casona, Raúl se sintió un poco mareado por la confusión que pasaba por su mente, porque en ese momento escuchó las palabras de la anciana en su cabeza. No sabía qué hacer, que hasta se desvaneció un poco por la impresión. Felipe le ayudó diciéndole que no tuviera miedo, que pronto sabría la razón de lo que le pasaba, que no se preocupara, y que continuara sin dudar. Lo tomó del brazo para ayudarle a levantarse, sin la intención de presionarlo para continuar; además, le decía que era su decisión personal, que si él quería se irían de ese lugar en el momento en que lo requiriera, pero que si quería continuar debería enfrentar sus miedos antes de dar el siguiente paso en su reencuentro personal.

Raúl era viejo y muy sabio, pero no lo suficiente aún. Tomó valentía en su fe, y caminó al lado de Felipe hasta donde los esperaba la anciana sentada sobre la piedra azul. *La Anciana del pelo Blanco* los miraba con gran complacencia al estar frente a ella. Por lo que Raúl se sintió seguro, pero aún un poco desconcertado por haber escuchado a la anciana decirle que lo estaba esperando. No dejaba de verla a los ojos sorprendido de poder escucharle sin que dijera una sola palabra con su boca, con los ojos que casi se le salían de la cara. Tuvo que enfrentar todas sus creencias antes de aceptar que todo eso estaba pasando porque hubo un momento en el cual dudó que todo aquello fuera verdad. Aceptó conscientemente y convencido ahora de que todo era posible, por lo que se sintió valiente como para continuar hasta donde tuviera que llegar. Estaba dispuesto.

Felipe se quedó al lado de él, mirando lo que pasaba, porque sabía por su propia experiencia que era necesario todo eso para que Raúl enfrentara sus temores, y descubriera el verdadero camino del espíritu en la vida carnal.

La anciana se bajó de la piedra azul y caminó hacia Raúl con la lanza en su mano derecha, la puso en el pecho de Raúl, por lo que este empezó a toser.

En un instante, por razones que solo pasaban dentro de su cabeza, empezó a llorar con un gran sentimiento, y repitiéndose a sí mismo: «Yo no sabía, no lo sabía». Raúl reconoció en su corazón los errores que había cometido en su vida, y aceptó la ingenuidad con que lastimaba a otros sin querer, por lo que se arrepintió de todo lo que pudo haber causado en los inocentes con sus palabras o hechos. Con el ánimo por los suelos, bañado con las lágrimas del arrepentimiento, se puso de pie tratando de secarse las lágrimas con las manos.

La anciana sonreía al ver que el corazón de Raúl se tornaba diferente al corazón con que el mundo se pierde en los placeres, y le dio de beber en un tazón el brebaje que lo calmaría por el momento.

Raúl tomó el tazón aun lloriqueando un poco por lo que sentía, porque tuvo algunas visiones en el momento que la anciana le apuntaba con la lanza, las cuales lo hicieron ver lo cruel que podemos llegar a ser con nuestros semejantes, con los actos que consideramos adecuados para nosotros, pero que para ellos se torna en sueños perdidos, y sin esperanza para sus deseos o necesidades.

Al tomar el primer sorbo, se dio cuenta de que era muy dulce al paladar, pero amargo en su vientre, por lo que empezó a retorcerse por la angustia que sentía al recordar el dolor que su indiferencia había causado.

Terminó tirado en el suelo, sin que Felipe o la anciana intervinieran, pues tenía que ver con su propio ser, el dolor que causa la ingratitud de nuestro orgullo y la voracidad de nuestro ego.

Después de algunos minutos se levantó un poco más calmado, porque el dolor desaparecía al ir arrepintiéndose de sus errores.

Sintió una conciencia diferente a como comúnmente juzgaba lo que entendía de la realidad, continuando por algunos minutos peleando con los pensamientos que el ego contrarrestaba en su nueva visión de la vida.

—El azote del mundo, y cómplice de la vanidad. No dejes que envenene tu corazón, ni que confunda a tu espíritu —. Le dijo la anciana a Raúl, mientras él la miraba fijamente a los ojos, pues se había dado cuenta de una luz blanca que irradiaba de su cabeza, que hasta se le salía por los ojos, los oídos y por la boca al hablar.

Todo eso era nuevo para él, pero estaba decidido a continuar hasta encontrar la razón por la cual había venido a este mundo, y descubrir la verdad por su propio ser, sobre el destino de su existencia después de la vida carnal.

Después de charlar con Raúl por algunos minutos, sobre instrucciones precisas de qué debería hacer para encontrar el balance energético, y de qué debería comer para lograr un estado de salud adecuado para energizar estos puntos clave del cuerpo, la anciana le dio en un papel una receta de hierbas especiales que debería mezclar con otros elementos necesarios para que la poción haga efecto.

La anciana habló con Felipe sobre lo que debería hacer en determinado momento, porque debería ser persistente en sus intenciones, para que no fuera a fallar en el momento de decidir lo correcto para su propósito. Felipe prometió ser prudente y sincero a la hora de aceptar las responsabilidades que le correspondían, pero que no le garantizaba que todo sería perfecto al él mismo no ser perfecto, que sería lógico si es que fallaba en alguna cosa. La anciana solo lo miró y sonrió al saber que Felipe tenía razón. Aun así, le recordó lo importante que era el intentar hacerlo lo mejor posible, pues solo así se podría lograr el objetivo. Felipe aceptó y prometió hacer todo lo que estuviera a su alcance para lograrlo.

De la misma manera Raúl tomó muy en serio sus nuevas responsabilidades, a pesar de no comprender plenamente aun su propósito como espíritu. Prometió ser paciente y prudente para con todo lo que se le encomendaba, y se comprometió para aprender todo lo que fuera necesario para estar preparado. Ahora sentía que todo era diferente, empezando con él mismo, pues ya no podía negar esa parte de la verdad que se había revelado dentro de su ser.

Al final decidieron volver a la parroquia del pueblo para reencontrarse con los demás, y poder volver a la mansión antes del anochecer, ya que les tomaría algunas horas para volver a la comarca donde vivían con la abuela. Esa fue su última visita de caridad en aquel pueblo, el cual le había enseñado un poco de su lección personal, con los roces de sus experiencias con los seres que formaron su criterio y su sentir hacia la realidad.

Felipe estaba agradecido de los cumplidos y ofensas que la gente le daba, según su momento y su propósito. Así era como Felipe lo percibía, debido a la melancolía que causan las despedidas. No sé si eso pase con todos.

En la mansión, las caras tristes aumentaban en medida que el día en que partirían se aproximaba cada vez más, pues era algo que nadie quería que pasara. Pero sabían que era necesario para poder salvar de entre las garras de los mentirosos a la inocente vida de *Luz de Luna*, y la de ellos mismos también.

Ese día que nadie quería que llegara, se levantaron más temprano que de costumbre para preparar todo lo necesario para su viaje. No solo Felipe y Elida, pues todos estaban en la sala esperándolos a que salieran de su cuarto, y poder disfrutar de su compañía por algunas pocas horas antes de que partieran al medio día.

Sin duda fueron las horas más rápidas que todos hayan experimentado en sus vidas, al no querer que el tiempo pasara ni siquiera un segundo.

Inevitablemente todos se resignaron a dejarlos partir, aunque no lo aceptaban ni aprobaban de ninguna manera, por lo que se convirtió en un día oscuro lleno de dolor por su partida.

Solo tres maletas llevaron, para poder moverse sin mucho esfuerzo en el momento que tuvieran que trasbordar el autobús de pasajeros, según lo planeado de ante mano por Raúl y Felipe. Un pequeño bolso que Elida usaba para guardar cosas que Emma podría necesitar en el camino, y el morral que Felipe usaba todo el tiempo, donde guardaba lo más elemental para mantenerse cuerdo sobre quién era y de dónde venía.

Raúl los llevó en *La Gran Águila* hasta la capital del estado, en donde tomarían su primer camión de pasajeros, el cual los llevaría hasta la frontera del país. La abuela los acompañó hasta el momento en que abordaron el camión de pasajeros, al igual que Raúl, quien ayudó a Felipe a subir las maletas en el compartimento del camión. Le dio un abrazo de agradecimiento por todo lo que le había enseñado y aconsejado; pues, aun siendo un viejo de más de sesenta años, tomaba muy en serio el papel que Felipe tenía ante los divinos, y respetaba su sabiduría. La abuela se despidió de Elida y Emma con lágrimas en su rostro, con el corazón partido y sin consuelo, abrazándolas hasta el momento en que Felipe tuvo que insistir que el camión estaba por partir. La abuela lo abrazó de igual manera, pidiéndole que fuera valiente, y que nunca dejara que nadie las lastimara jamás. Felipe prometió dar su vida para que todo fuera diferente, sin importar nada. Abordaron el autobús a las seis de la tarde, a tiempo para poder disfrutar el ámbar del atardecer.

Capítulo 3

La epifanía del arrepentimiento

Aquél que ha tenido que abandonar su lugar de origen, sabe la melancolía de las despedidas y de las esperanzas en el porvenir. De lo difícil que se torna el camino por la tristeza de ir pensando en los seres amados que dejamos atrás, sin saber si hemos de volverlos a ver algún día.

Es difícil desprenderse de aquel apego amoroso hacia otros seres que nos hacen feliz; de sus sonrisas y de sus enojos.

Elida aún cargaba el dolor de haber perdido a su madre; y de cierta manera nunca se recuperó de la muerte de su padre. Siempre pensaba en la falta que le hizo durante todos esos años de dolor que vivió sin sus consejos, sin su cariño. Muy dentro de sí, sabía que en algún momento de su existencia los volvería a ver, y se reconfortaba en la idea al aceptar que la muerte era natural para todos; pues, no discrimina a ningún ser orgánico en este planeta, el cual muere y resucita en cada uno de nosotros.

Se aferró a *Luz de Luna* contra su pecho, para resguardarla del frío que hacía en esa época del año, casi en el momento justo en que Felipe las abrazaba y les decía cuanto las amaba. Como un indicio inevitable de lo que el destino les tenía preparado en ese camino confuso e incierto de la vida. Refugiada entre su pecho, Elida se preguntaba por qué los inocentes siempre perdían y los malvados mentirosos triunfaban.

Sin duda estaba muy lejos de encontrar la respuesta que escusara tal atrocidad, aunque ella no creía que hubiese laguna excusa para la maldad. De cualquier manera, intentaba no juzgar a la ligera lo que ignoraba sobre los divinos y su plan misterioso para el espíritu, para no caer en la ignorancia que ciega el despertar de la conciencia.

El viaje de la capital del estado a el estado vecino del norte, de tan solo nueve horas de camino, se tornó algo simpático en el momento en que una pareja de payasos, quienes viajaban a la ciudad capital de dicho estado, dejó fluir su instinto de felicidad por algunas horas de viaje, haciendo que pareciera tan solo unas pocas horas, por la simpatía y carisma con que sus almas se jactaban en su felicidad, la cual caracteriza a aquellos que intentan provocar una sana sonrisa en nuestro mundo.

Desafortunadamente, muchos menosprecian esos detalles humildes con que los adecuados se expresan, para darnos un momento de desapego sobre las preocupaciones cotidianas, dejando pasar la oportunidad de poder descubrir por ellos mismos la clave para liberarse de la duda o el dolor por no comprender la felicidad.

Es cierto que el dolor es parte de la lección, pero eso no significa que debamos alimentarlo sufriendo con la incapacidad de dejarlo pasar. Debemos dejar que fluya para poder darnos cuenta de la diferencia entre la risa y el llanto, de entre la amargura y la dicha de poder ver la luz. El desapego es importante y necesario, sobre todo el desapego por lo que no nos deja vivir ni pensar libremente.

El creer es engañoso, la libertad es el pensar que todo es posible, que Dios es toda posibilidad, sin límite.

Dos señoras y una anciana viajaban en el asiento de enfrente. Un niño de algunos nueve años, y una niña de tan solo tres años, viajaban en el asiento paralelo a ellos.

Por algunas horas de viaje la niña se la pasó preguntando a Elida sobre Emma y lo que le daban de comer, junto con mil preguntas más sobre cómo y cuándo había nacido.

De buena manera, Elida le respondía a aquella niña inocente toda pregunta que le inquietaba, por el buen sentir que tiene su pecho al reconocer a los seres de bien, pues sentía que aquella niña era un ser muy elevado, quien se presentaba en su camino para protegerlos. Por lo que era necesario escuchar atentamente en el momento justo. Ya nada la sorprendía, tampoco se limitaba al pensar que todo era posible. Con el cariño y atención que solo una madre le da a sus hijos, escuchaba con una mente libre y el corazón abierto a aquella pequeña niña, quien no dejaba de preguntarle un sinfín de cosas sobre *Luz de Luna*.

Felipe, con la mente desbordada de pensamientos que lo atormentaban sobre lo que pudiera pasar en un futuro próximo con su familia, no se dio cuenta de los detalles que la niña trató con Elida, los cuales comprendería mucho tiempo después de esa tarde melancólica y triste, en que tuvieron que salir huyendo para salvar la vida de un ser inocente, quien tomaría su tiempo para crecer antes de reclamar su trono, con el ejemplo de la nobleza por servir y dar sin esperar algo a cambio.

Está de más decir que la naturaleza espiritual de Emma era ajena a los intereses de los ávaros y corruptos. Aquellos quienes se empeñan en engañar a todo débil de pensamiento, a todo aquel que tiene el corazón confundido y mal cuidado, para llevar a cabo sus planes de control y sumisión, los cuales gobiernan en este mundo lleno de mentira e indiferencia.

Creo que cada uno tiene su lección personal en la vida, y nadie podría decirle cómo sería lo que tuviera qué hacer en determinado momento. Tal vez, si nos es sugerido consejos por otros espíritus en algunas ocasiones, podríamos entender la diferencia respecto a lo correcto que se debería hacer en determinada circunstancia; y es por eso, que se debe tomar en cuenta las experiencias de los que intentan aconsejarnos sobre alguna cosa en nuestra vida.

Entiendo que puede ser difícil comprender para algunos que los espíritus puedan aconsejarnos, y para otros sea de lo más natural en su fe.

No olviden que los vivos son espíritus también, quienes nos aconsejan con su intención desinteresada, para que crezcamos un poco más en nuestro camino como seres espirituales. Algo que es muy cierto en esta vida, es de que no estamos solos en el universo infinito de nuestro creador, porque somos la creación misma de sus intenciones, el propósito primordial; su epifanía personal.

Es en nosotros mismos, la manera en que el universo se reconoce a sí mismo conscientemente, experimentando la infinita gama de vicisitudes y sensaciones en cada uno de nosotros. Cada uno juzgue a su manera.

En algunos pueblos el autobús se detuvo para que los pasajeros pudieran comprar algo de comer y a hacer sus necesidades biológicas, o para que simplemente tomaran un poco de aire fresco.

En uno de esos pueblos Felipe bajó primero para procurarles algo de comer, por si acaso algo llegara a pasar en algún momento. Ya no se cegaba a cualquier cosa que pudiera pasar, al saber de lo que los infelices ávaros y corruptos eran capaces de hacer. Elida se tardó un poco de tiempo envolviendo a *Luz de Luna* para protegerla de la brisa nocturna, para luego bajar y quedarse a pocos metros de la puerta del autobús, esperando a que Felipe regresara para que cuidara a Emma por un rato, y poder ir a usar el sanitario de la estación de camiones. De hecho, Felipe regresó lo más pronto que pudo y cuidó de Emma durante el tiempo que Elida regresaba del sanitario.

Hay que recordar que es obligación de ambos el cuidar de su retoño, de su capullito de amor. El apoyo mutuo es de las cosas más importantes como pareja.

Elida regresó en el momento justo en que el chófer abordaba el autobús, diciendo que era hora de partir; que no se detendría por nadie.

Abordaron el autobús rápidamente, casi corriendo detrás del chófer, justo antes de que cerrara la puerta. Felipe de inmediato intentó proteger a sus amadas de ser lastimadas por la agresividad con que el chófer había intentado cerrar la puerta, la cual atrapó el talón del pie derecho de Felipe, el cual evitó que la puerta se cerrara por completo, impidiendo que aplastara la mano de Emma que sobre salía de entre los brazos de Elida. Justo en el momento en que Felipe casi tuvo que empujarlas por la ingratitud con que el chófer los había juzgado.

Las señoras que iban sentadas al lado de ellos se levantaron en seguida para ayudar a Elida, para que subiera las escaleras de la entrada del autobús, mientras Felipe intentaba liberar el talón atrapado en la puerta, porque el chófer no se dignó a abrirle un poco para que se liberara; más bien, se hizo el desentendido y ni siquiera se dignó a voltear a verle.

Felipe como pudo se liberó de la puerta, un poco molesto con el chófer por lo que había provocado, reclamándole en seguida por su arbitrariedad y su desapego. Al mismo tiempo, sentía que cometía un error al tratar de reclamarle por su ignorancia, por lo que en ese momento se detuvo de culpar al chófer, y mejor se fue a ayudar a su amada para que se acomodara en el asiento, porque el infeliz ingrato, echó el camión a andar en el justo momento en que Elida se había alcanzado a sentar.

Una de las señoras cayó al suelo por el arranque brusco con que el chófer intentaba liberar su frustración, pero en ese momento Felipe se lanzó y alcanzó a evitar que la señora se golpeara en la cabeza, salvándole casi literalmente la vida.

Cada uno se agarró como pudo de sus asientos, porque el chófer salió como si se lo llevara el diablo.

Muchos pasajeros se quejaron casi gritándole que se fijara lo que hacía, pero él no prestó atención alguna a los reclamos, su orgullo triunfó por encima de todo y sobre todos.

Al salir del pueblo, el chófer tomó algo de lucidez y desaceleró un poco el enojo con que se perdía en sus pensamientos, los cuales le hicieron reconocer su error al tratar de desquitarse con los demás, por el dolor que las presiones causaban en él, soltando el llanto como un niño desconsolado. «Naiden sabe lo qui me pasa… Perdonen ustedes, no sé qui me pasó pues», dijo el chófer, tratándose de secar las lágrimas con la manga de su abrigo, aun lloriqueando por la epifanía que le habían enseñado sus pensamientos, al reconocer el error en el que había incurrido, y al mismo tiempo aceptando la culpa, la cual se disolvía por el arrepentimiento en su corazón.

Eso era algo que nadie se esperaba, además que a nadie le importaba porque su reacción grotesca y grosera había lastimado la poca confianza que tenían de él.

Felipe estaba viéndolo desde su asiento, con la mano dentro de su morral tocando *El Libro de Raziel,* en el momento en que el chófer reconocía su falta. Felipe entendía lo que le pasaba a ese pobre hombre, y sabía que necesitaría el consejo adecuado para continuar con la intención indefinidamente, a pesar de las dificultades que se llegasen a presentar.

La mayoría seguían muy enojados con el chófer por la manera en que se había portado con todos, por lo que no les importó mucho verlo llorar, que hasta se mostraron reacios a demostrar algún gesto de compasión por aquel pobre hombre, quien tan solo intentaba comprender su parte en la vida. «Pobre, él no sabía mamá», dijo la menor de las señoras. Su mamá asintió con la cabeza, y la abrazó sobándole el hombro, el cual se había lastimado en el momento de caer al piso. La otra señora se unió a ellas en un gran abrazo, y con las lágrimas en su rostro por ver a aquel hombre arrepentirse de todo corazón, en medio del camino y manejando un autobús con catorce pasajeros.

Sabiendo que aquel hombre necesitaba de su consejo, Felipe se paró y caminó hasta el asiento detrás del chófer, y se sentó sin decir una sola palabra. El chófer se había dado cuenta porque lo vio por el espejo retrovisor en el momento en que se sentaba en el asiento trasero.

Hubo un momento en que se vieron a los ojos, tan solo lo suficiente como para que el chófer se diera cuenta de la intención de bondad con que Felipe se le acercó, a pesar de que le había lastimado el talón con la puerta, y que casi lastimaba a su familia. La vergüenza le encendió el rostro con esa mueca inconfundible, por lo que lloró al reconocer lo que había hecho en ese arranque de estupidez, por no entender su parte en la vida, e intentar desquitarse con los demás la frustración que sentía en ese momento.

Es una lástima que muchos tengan que sufrir por la ignorancia con que a menudo nos confunde la ingratitud, al desquitarnos con los inocentes el dolor que causa el sentirnos incomprendidos.

El chófer, de nombre Macedonio Ceniceros Moreno, no sabía si parar o continuar manejando el autobús, por el alud de emociones que sentía, y la pena que lo abatía. Le pasó por la mente la idea de detenerse, o al menos disminuir un poco la velocidad para no poner en riesgo la vida de nadie, porque ya de por sí era suficiente con la ingratitud que había cometido, y no quería que algo más pasara por su culpa.

Al disminuir la velocidad, se sintió un poco más confiado y capaz de manejar sin ningún riesgo, por lo que decidió no parar el autobús, porque de por sí estaban algo retrasados y no quería que lo fueran a regañar otra vez.

Había llegado algo tarde al pueblo en el que habían parado, por lo que el inspector lo había regañado enérgicamente por el retraso. Reprochándole que no era la última vez que lo hacía, pero que si continuaba de esa manera sería la última vez que lo haría. Siendo eso la gota que había derramado el vaso en los conflictos de Macedonio, lo cual lo hizo estallar de furia al ver que no se le escuchaban sus argumentos. A pesar de que intentó de muchas maneras explicarle al inspector los pormenores que se habían presentado en el viaje, por lo que debería entender que a veces sucedían y no se podía hacer nada para evitarlos.

El inspector fue inflexible en sus acusaciones, al no escuchar lo que Macedonio tenía que decir a su favor, porque también tenía presiones por parte del coordinador regional, respecto a la puntualidad del servicio de transporte en esa región, ya que se habían reportado algunos casos de retrasos. El inspector le recriminó las exigencias de su jefe, culpándolo por los retrasos, y fue tajante con su decisión de correrlo si es que volvía a retrasarse de nuevo.

En ese momento le exigió que saliera de inmediato para que pudiera llegara a tiempo a su siguiente destino, amenazándolo con rebajarle sus comisiones si es que no lo hacía en ese momento. Esa había sido la razón por la cual Macedonio había salido embravecido de la oficina del inspector.

—Te comprendo, y no intento juzgarte —. Le dijo Felipe.

El chófer le narró todo vestigio que el pasado había guardado dentro de él, desde la muerte de su madre, la desaparición de su padre, y el asesinato de sus tres hermanas. Su matrimonio había fracasado de la misma manera que sus dos anteriores, por la infidelidad, debido a que se la pasaba más tiempo en el camino que en su casa. Por eso fue por lo que su esposa tuvo que buscar un sustituto en su cama.

La soledad y la falta de amor incitan nuestras necesidades de afecto, y nos vuelven vulnerables a cualquier esperanza, la cual perseguimos con la intención de aliviar un poco el dolor o la soledad, sin darnos cuenta de que estábamos equivocados.

Es necesario que vivamos en carne propia las vicisitudes que la vida tiene para cada uno de nosotros, para aprender de dichas lecciones, las cuales el creador tiende sobre nuestros pasos en la vida carnal.

Lo interesante de todo esto es que, aunque parezca que todos vivimos cosas similares, cada uno tenemos una lección específica y única a la hora de enfrentar la vida, aunque también se asemejan en la naturaleza de la vida humana en particular, al no ser tan diferentes la una de la otra.

El mensaje es espiritual, pero recordemos que todos somos espíritus, entonces la lección sí tiene algo de similitud al final de todo. Es menester de cada uno el descubrir su propio mensaje y su responsabilidad como espíritu. Aquí esta una clave para todo aquel que se interese en descubrir una de las mejores maneras para trascender un poco en ese camino que el espíritu experimenta en la vida carnal, aprovechando los consejos que a menudo nos molestan al confrontar nuestro ego y vanidad.

Sabemos muy bien que, no importa cuantos consejos le des al joven, muchos no escucharán las experiencias de los viejos.

Después de un rato, la señora que había caído al suelo cuando el chófer había arrancado sin consideración alguna, fue y se sentó al lado de Felipe para decirle al chófer que no se preocupara, que estas cosas pasaban todo el tiempo, pero que lo que había pasado después no era algo muy habitual en los hombres. Que debería de sentirse muy contento y orgulloso por haber aceptado sus culpas.

Después de varias horas de sana conversación entre los tres, se creó una atmósfera de confianza que ayudó a Macedonio a comprender mejor su condición en la vida; además, se interesó seriamente en el tema que Felipe intentaba comunicarle, para que buscara por sí mismo las respuestas que le inquietaban.

La señora de nombre Socorro Ceniceros, le explicó a Macedonio sobre la raíz del ego y la vanidad, y de cómo contra arrestar el apego por lo que no nos hace ser libres como seres espirituales. Felipe la miraba de una manera, como intentando comprender un poco cómo era que la señora sabía todo aquello que él mismo sentía, para no perder ningún detalle en caso de que estuviera dormido soñando sobre lo que estaba experimentando; lo cual lo hizo pensar seriamente sobre la realidad y las visiones que tenía.

Pudo diferenciar después de un buen rato de introspección que estaba despierto, pero intentó recordar si es que había tenido alguna visión respecto a lo que estaba pasando, o lo que estuviera por pasar.

La peculiaridad del momento lo descuidó un poco de su intento por recordar el detalle, el cual le advertiría sobre un suceso importante en su camino, pero no precisaba el momento ni el detalle. Sentía que ya había vivido ese momento, e intentó precisar qué era lo que estaba por venir. La otra señora se había sentado en el lugar de Felipe, al lado de Elida para platicar y hacer el viaje más ameno.

La mamá de la señora se sumó a la plática, al igual que los dos niños. En especial la niña, quien no dejaba de preguntar y preguntar por la manera en que cuidaban a *Luz de Luna*.

—Perdónela oiga, desde que nació ha sido bien rarita mi hija —le dijo la señora a Elida—. Es igual que mi hermana Socorro.

—Mirad que ya lo he comprendido bien yo misma —le contestó Elida, refiriéndose a Felipe.

En ese momento, al escuchar decir aquellas palabras a Elida, Felipe pudo recordar la visión de lo que estaba por pasar, y pidió al chófer que se detuviera de inmediato, y que debería de confiar en él si es que quería seguir viviendo. Socorro le replicó al chófer que hiciera lo que Felipe le estaba pidiendo, por lo cual el chófer se puso muy nervioso sin saber qué hacer.

—El poeta tiene razón, Macedonio. Parale ya —le dijo Socorro al chófer.

Felipe volteó a ver a Elida y esta asintió con la cabeza en señal de que Felipe tenía razón.

Él sabía que debería advertir a los demás sobre lo que estaba por pasar, para que intentaran salvar sus vidas de las garras de los ávaros corruptos que engañan a los inocentes. Dudó un poco al pensar que solo lo juzgarían por loco, al no saber cómo aclararles o explicarles a lo que estaban a punto de enfrentarse. De cualquier manera, se atrevió aun sabiendo que tal vez no les importaría, pues su única intención era el intentar salvarles la vida, independientemente de su ignorancia o su vanidad.

Algunos estaban dormidos y no escucharon lo que Felipe les gritaba, a pesar de que los movió un poco con la mano para que reaccionaran. Los niños abrazaron a Elida junto con las señoras, como protegiendo a Emma. Felipe llamó a Macedonio por su nombre para que parara el autobús, quien se detuvo de inmediato, en el momento en que Felipe corrió a abrir la puerta trasera para que pudieran huir. Algunos pasajeros se quejaron de lo que estaba pasando, y le pedían al chófer que no parara, que no le hiciera caso a ese loco. Macedonio hizo todo conforme Felipe le pidió, sin importar lo que la gente le estaba exigiendo; aun sabiendo que podría perder su trabajo.

Felipe bajó primero para ayudar a Elida y a Emma, luego ayudó a Macedonio a bajar a los niños y a las señoras del autobús. Una vez abajo, todos los que optaron por seguirlos, les pidió que corrieran de inmediato hacia un montón de rocas que sobresalían del suelo, que además estaban cubiertas por plantas de gobernadora.

Felipe encabezaba el camino, mientras que Macedonio se quedaba atrás de los niños y las señoras para cuidarles las espaldas.

Mientras corrían hacia las piedras, Felipe les daba instrucciones sobre lo que tenían qué hacer en el momento en que él se los indicara, para que no los fueran a descubrir. Uno de los pasajeros les gritó que estaban locos, pero Felipe les insistió que lo ignoraran y que no pusieran atención a los necios.

Casi al llegar a las piedras, Macedonio volteó a ver a aquel hombre que los mal juzgaba, y tropezó con una piedra por no fijarse por donde iba, por lo que cayó al suelo golpeándose en el talón. Felipe le ayudó a levantarse lo más pronto posible, pidiéndole no mirar hacia atrás.

Macedonio fue seducido por la curiosidad de ver lo que iba a pasar, volteando a ver una vez más.

La curiosidad y la duda siempre nos acarrean problemas. No sé si es por la falta de fe o por el temor que no podemos contener.

No podía creer lo que pasaba ante sus ojos, lo cual le aterraba pues pudo ver como el autobús parecía que aún estaba andando en la carretera, y que además alguien lo conducía.

Se desvaneció un poco al ver que el chófer que conducía el autobús era él mismo. Por lo que cayó en un estado de nerviosismo por el impacto de ver lo que pasaba, lo cual no tenía nada que ver con lo que supuestamente debería pasar. Felipe tuvo que cargarlo para que se escondieran a tiempo, justo en el momento en que dos camionetas con hombres armados pararan el camión.

Felipe les pidió que pasara lo que pasara no hicieran ningún ruido, que no temieran, pero que taparan los oídos de los niños.

Macedonio, con una cara de espantado, con los ojos que casi se le salían del rostro, abrazó al niño y le tapó los oídos. Socorro tapó los oídos de la niña, y se le quedó mirando fijamente a los ojos; por lo cual, la niña solo asintió con la cabeza, como si escuchara lo que Socorro le intentaba decir.

En ese momento, Felipe se dio cuenta de que no era el único que estaba en ese camino que los divinos prepararan para enseñarnos la manera de llevar a cabo sus planes, al contemplar la herencia de los dones que se imparten entre los espíritus, en la acción que Socorro practicaba con la niña.

Elida tapó los oídos de Emma para que no se asustara, mientras que Felipe le tapaba los oídos a ella, y ella lo miraba fijamente a los ojos. Se pudo dar cuenta de que *Luz de Luna* lo miraba fijamente a los ojos, entonces la pequeña Emma le asintió con la cabeza, en el momento que le decía con el pensamiento que todo estaría bien.

Los gatilleros bajaron a todos los pasajeros del autobús y los asesinaron a sangre fría después de preguntarles por su nombre a cada uno.

Felipe y Macedonio escucharon cuando el jefe del comando armado le pidió a su segundo que se asegurara de matar a todos, después de corroborar su nombre en la lista de pasajeros, y que cuando terminara le llevara la lista.

La camioneta del tirano había quedado cerca de las rocas en donde estaban escondidos, por lo que pudieron escuchar claramente cuando llamó a su jefe por el radio de onda corta, diciéndole que el trabajo estaba listo, que ya los habían matado a todos. Macedonio, con la cara de espantado y el corazón a punto de salirse de su pecho, miraba a Felipe fijamente a los ojos, tratando de encontrar una razón de lo que estaba pasando, mientras Felipe solo con muecas le decía que confiara en él. Macedonio volteó a ver a Socorro, quien le asintió con la cabeza en señal de que debería hacer lo que Felipe le estaba sugiriendo.

La otra Señora y su mamá se tapaban los oídos mutuamente y mantenían los ojos cerrados.

En unos cuantos minutos los malhechores desaparecieron de la misma manera como habían llegado, sin dejar rastro de dónde habían salido, ni a dónde se habían ido.

Felipe reaccionó de inmediato y pidiéndole a Macedonio que lo acompañara para recuperar algunas maletas que eran esenciales para la pequeña Emma; por lo cual, Macedonio no se sintió muy animado a querer ayudarle, porque estaba aún muy desconcertado por lo que había pasado.

Socorro le pidió que le ayudara, que ella se encargaría de los demás, que además él tenía la llave del maletero. Que no temiera, que podía confiar en ellos porque ellos eran los buenos.

Macedonio aceptó casi muerto de miedo, por eso Felipe le insistió que debería confiar en él. Que tendrían que actuar de inmediato para poder salir de aquel lugar, porque existía la posibilidad de que los malhechores regresaran.

Llegaron tan cerca como para poder ver los cadáveres al lado del camión, pero Macedonio no pudo ver a ningún cuerpo por ningún lado, ni sangre alguna.

El autobús estaba intacto detenido en medio de la carretera, con solo la puerta trasera abierta, tal como la había dejado al bajar. Felipe le pidió que no mirara, que luchara contra su curiosidad y se concentrara únicamente en lo que tenían que hacer.

—Esto es brujería —murmuró Macedonio en ese momento.

—Macedonio, confía en mí —le dijo Felipe—Nosotros somos los buenos.

Le insistió que se ocupara de abrir el maletero, para sacar las valijas y poder marcharse lo más rápido posible de aquel lugar.

Recuperaron la mayoría del equipaje de las señoras también, y se marcharon de inmediato por una vereda alejados del camino.

Liderados por Felipe y sus amadas, sin ningún rumbo en específico aún, pues Felipe solo quería alejarlos lo más posible del peligro, antes de decidir hacia dónde dirigirse.

En ese momento pensaba que los ponía más en peligro llevándolos con ellos, que si los dejaba irse por sí solos. Sabía que los que querían matarlos no sabían de ellos, y eso era una ventaja importante que les daría el destino a cada uno.

Caminaron por un buen rato hasta llegar a un pequeño poblado, el cual crecía alrededor de una hacienda de nombre San Javier, en donde se refugiaron por algunas horas. Felipe les explicó detalladamente los pormenores que significaba el estar con ellos, que sería mejor si dejaran que se fueran solos, para que no tuviera ningún peligro.

Macedonio dijo que conocía a una persona que los podría ayudar, pero que vivía en un pueblo algo lejos de donde estaban, por lo que tenían que conseguir algún medio de transporte para llegar hasta allá. Socorro apoyó la idea de ir a aquel pueblo para buscar ayuda, y así Felipe y su familia pudieran huir del país sin que nadie se diera cuenta. Todos apoyaron la idea de no dejarlos solos, y que harían todo lo posible por ayudarlos en cualquier cosa, por el agradecimiento que sentían por haber salvado sus vidas.

Ahora estaban en aquel camino de peregrinación y martirio, en donde encontrarían cada uno su parte entre los planes de los divinos. Felipe no dejaba de pensar en ello en cada paso que daban, pero de igual manera estaba seguro de que los guiarían al lugar indicado para poder continuar. Al contemplar a sus nuevos aliados, Felipe se preguntaba en cuál de ellos los divinos influían para apoyarlos en el camino. O si acaso era él quien los ayudaba a ellos a cumplir sus misiones o propósitos. De cualquier manera, sentía como en ningún momento los dejaban desprotegidos o desamparados, a pesar de las condiciones en las cuales se debatían.

Llegaron hasta Viesca en un carretón de mulas, el cual Macedonio compró con el dinero que el inspector le había pedido que llevara a la capital del estado.

El camino fue muy abrumador por las condiciones de la región, y el tiempo que tardaron en llegar hasta a aquel lugar, donde la arena y la desolación puso a todos a prueba.

La ausencia de conflictos externos les ayudó a rencontrarse con su verdadero ser; con sus miedos y sueños, con su religión y su fe.

Lo único que se escuchaba en el camino eran los niños platicando cosas que los mayores no querían discutir, porque especulaban sobre lo que había pasado, y la razón de por qué tuvieron que dejar el autobús y viajar en un carretón de mulas. Eso le recordó a Felipe a los hijos de Chendo, quienes siempre hablaban de cosas que los adultos prefieren evitar. «Deberíamos de ser como niños», pensaba Felipe, en ese momento en que escuchaba a los niños enseñarles a los adultos a ser como ellos mismos.

La madrugada trae una sensación de esperanza para algunos, pero para otros parece fría y oscura, a pesar de que es una nueva oportunidad otorgada desde lo más alto del reino espiritual, el cual nos guía en cada paso de nuestro existir.

El amanecer iluminó el desierto tan blanco como la nieve, cegando con sus destellos a los mal acostumbrados a la luz.

Se maravillaron al ver la salida del sol imperante y prometedora sobre aquel desierto de sal, el cual los conduciría hacia un nuevo renacer en sus vidas.

Macedonio los llevó hasta el campamento de los mineros de la sal que trabajaban en ese lugar, y les presentó al capataz de los mineros, quien era muy buen amigo suyo. Un hombre de tez colorada de nombre Arcadio Medina, se presentó muy cordialmente con todos, y prometió ayudarlos, después de que Macedonio y Felipe le contaran solo algunas cosas que habían acordado, para que no se diera cuenta de lo que había pasado, y empezara a preguntar más sobre el asunto. Acordaron que era mejor no decirle nada de lo que había pasado, para no poner en riesgo su vida también.

Arcadio y Macedonio eran muy buenos amigos, pues habían asistido a la misma escuela primaria, pero se distanciaron un poco cuando los padres de Macedonio habían tenido que salir huyendo del pueblo, por las ideas socialistas con que lograron llamar la atención del gobierno capitalista que gobernaba en ese entonces.

Tiempo después en su adolescencia, lograron reencontrarse cuando todo el alboroto revolucionario terminó, y pudieron regresar de nuevo a su pueblo natal.

Tuvieron que viajar por un día más en el carretón de mulas, hasta llegar a un pequeño pueblito llamado Concordia, en donde se refugiaron en la casa del padre de Arcadio durante varios días. Pero solo mientras se ponían de acuerdo en lo que querían hacer, o a dónde se querían ir. Felipe tenía un talento a su favor que lo prevenía de ciertos acontecimientos, la habilidad de percibir algunos posibles resultados de lo que pudiera pasar. No de ver el futuro concretamente, pero sí presentirlo como una posibilidad.

En ese lugar se desprendieron un poco de la angustia y la preocupación de tener que estar huyendo todo el tiempo, y por fin pudieron descansar del tormento de estar pensando sobre lo que había pasado.

Cada uno descubrió algo en que ocuparse mientras las cosas se acomodaban por si solas, por decirlo de alguna manera, porque ya estaban seguros de que nada estaba al azar.

No tardaron en descubrir la solidaridad y el calor del buen corazón con que la gente del pueblo los recibía, lo cual provocaba que cada uno se asentara cómodamente entre aquella sincera bienvenida. La confianza creció al grado de formar vínculos que prometían más que amistades.

Después de convivir a diario durante esos días, Arcadio invitó a Socorro a pasear por la plaza del pueblo, para que no se aburriera encerrada en la casa. Socorro aceptó muy alegremente, y le pidió que le esperara unos minutos para cambiarse de ropa y poder salir a pasear con él.

Felipe aprovechó el momento para hablar con Arcadio sobre algunos asuntos. «Arcadio, de tu sangre brotará un poco de esperanza en este mundo». Le dijo Felipe. Entre otras cosas más que le pidió que guardara solo para él, y que le servirían en el momento indicado, para lograr vencer algunas dificultades que se llegaran a presentar en su vida.

Los paseos por las tardes en la plaza del pueblo avivaron la llama de la pasión entre Socorro y Arcadio, creando una costumbre de la cual ninguno quería que terminara jamás; a pesar de que era probable que no se volvieran a ver, en el caso de que la mamá de Socorro y su hermana decidieran marcharse a otro pueblo, o regresaran a su pueblo natal. Al menos, esos eran los temores de Arcadio al pensar que podría perder la oportunidad de disfrutar de su compañía. No podría permitir eso, en ninguna circunstancia podría dejarla irse lejos, porque él estaba enamorado de ella, desde el primer momento en que la vio en aquella mañana en el desierto de sal, iluminada por la belleza del amanecer y predestinada solo para él.

Felipe sabía de lo que el destino tenía preparado para ellos en su camino, y habló con cada uno por separado para aconsejarlos.

Sentía la necesidad y la obligación de ayudar un poco a Socorro en su camino de iluminación, el cual se heredará entre su sangre para que se cumpla lo que debe ser, para que un día el mundo pudiera tener una esperanza de amor y libertad. Le dijo que los divinos jamás se equivocaban a la hora de escoger a aquellos que guiarán la luz del despertar. Que debería de sentirse orgullosa y agraciada por tener el privilegio de poseer la gloria y la razón de la verdad entre su sangre.

También le advirtió que todo aquello acarreaba una gran responsabilidad de la cual debería de ser lo más prudente posible para que no se perdiera la intención ni el propósito, pues la maldad tentaría a algunos de sus descendientes a caer en la mentira y la avaricia. Que el protegerlos y educarlos en el camino del bien era su deber y su obligación como madre protectora.

Macedonio, después de hablar con Felipe sobre algunos asuntos que le inquietaban respecto a su fe, a su manera de ver la vida, al menos en la manera en que le habían enseñado como supuestamente es la realidad en la vida, decidió irse un poco más al norte, a una pequeña comunidad de campesinos que se había quedado rezagada en esa región después de la revolución.

Tenía un medio hermano que había peleado al lado del general revolucionario por muchos años, y había perdido la oportunidad de convivir con él, porque se tuvo que ir a pelear por la libertad casi siendo un niño aún. Sabía que era la oportunidad de reencontrarse con su hermano y convivir con él el tiempo que nunca tuvieron, para recuperar los momentos que el destino les había quitado.

—Allá en La Victoria sentaré cabeza, pues —. Le dijo a Felipe en una de sus charlas.

Felipe lo felicitó por lo valiente que se había portado en aquella noche cuando tuvieron que huir de los asesinos, y de la manera en que había tomado todo eso de la espiritualidad y el despertar.

También le dijo que, en un tiempo determinado tendría que actuar para que nunca pudieran encontrar el rastro de ninguno de los que bajó del autobús de pasajeros; además, insistió que fuera diligente en su intento por descubrir las dudas, pero que no se confundiera con el ruido externo o la vanidad de los deseos que se sugieren en los corazones de los vivos. Que todas las respuestas a sus dudas las encontraría dentro de su corazón.

Un jueves al medio día salió de Concordia para dirigirse hacia La Victoria, en busca de los momentos perdidos con su hermano, para empezar una nueva vida en aquel lugar, en el cual encontraría el amor y su vocación como campesino.

Arcadio pidió formalmente el permiso a la mamá de Socorro para llevarla al festival que se llevaba a cabo cada veinte de noviembre, en conmemoración del aniversario del pueblo, por lo que pidió a todos que los acompañaran. Les dijo que no podrían faltar, ya que era una celebración en la cual todo el pueblo participaba.

Arcadio sentía de corazón que ellos ya eran parte de dicho pueblo, así como Socorro ya era parte de su corazón.

Felipe sentía que no era momento de celebraciones, por la angustia que tenía de pensar en lo que debería hacer para alejar a su familia lo más posible de los asesinos miserables, quienes los buscarían para matarlos en su intento por esconder la verdad.

Después de que Arcadio lo convenciera de que no tendrían ningún riesgo de nada, Felipe accedió al reconocer que nadie los conocía en ese pueblo, y que existía muy poca posibilidad de que supieran su paradero, después de lo que había pasado aquella noche al escapar del autobús.

Recordó que el malhechor había reportado a su jefe que habían matado a todos; por lo cual, creerían que habían muerto esa noche, y no existía ninguna posibilidad de que supieran que continuaban con vida, o que supieran de su identidad. Eso le dio algo de confianza para por lo menos considerar que tal vez estaban a salvo por esa ocasión.

Aun así, después de aceptar amablemente la invitación de Arcadio, sabía que los manipuladores de la verdad contaban con sus armas maliciosas para buscar lo que les interesa, y no se detendrían por ninguna razón si es que sabían que alguien tenía en su poder alguna de *Las Herramientas del Orden*.

Sabía que, así como los divinos tenían a sus escogidos, los malvados contaban con algunos manipulados para cooperar en su afán de buscar el poder. Algunos títeres retorcidos por la ambición y la confusión del espíritu. Escogidos con los dones adecuados, pero que han sido engañados o forzados a contribuir con la maldad.

Por ahora, Felipe sabía que tendría tiempo para relajarse un poco y pasear con Elida y Emma por el pueblo, ya que sabía que algún día dicho pueblo tendría un papel importante en el resurgimiento de la verdad y el orden, por *Luz de Luna*, en su regreso por salvar el amor de entre las garras del manipulador, quien se aprovecha de algunos locales para lograr su cometido.

Elida vistió a Emma con el vestido que había confeccionado junto con la abuela, para que formara parte en el concurso de la reina del pueblo. Arcadio lo había sugerido en el momento en que la vio tan radiante como una joya al amanecer, con aquel hermoso vestido digno de la realeza.

Pasearon a Emma en cada uno de los juegos de diversión que estaban alrededor de la plaza del pueblo, además de muchos más juegos que la gente ponía entre las calles.

Había todo tipo de comida en todos lados, traída por las familias más ricas del pueblo para que la gente tomara sin ningún costo. También, mucha gente sacaba mesas afuera de la puerta de su casa, para que los que no tuvieran que comer se acercaran y celebraran al lado de ellos.

El pueblo entero celebraba con gran júbilo la fundación de la Concordia, en un ambiente de solidaridad y amabilidad que Felipe no había visto hasta entonces. Eso le llenó el corazón con gran orgullo y respeto por la gente de aquel pueblo de la Comarca.

Arcadio aprovechó el momento de alegría que todos pasaban para decirles una buena noticia, cuando estaban sentados comiendo en medio de la plaza del pueblo. Se paró de la silla y llamando la atención de todos los presentes que podían escucharlo, dijo que tenía una proposición muy importante que hacer a una persona que había iluminado su vida. En ese momento se acercó a Socorro, e hincándose de rodillas frente a ella le pidió que se casara con él. Socorro se le echó encima besándolo y diciéndole que sí, que nada la haría más feliz en la vida.

La mamá de Socorro y su hermana lloraban de felicidad, abrazando a los niños quienes lloraban también, al ver el amor que irradiaban abrazados en medio de la plaza del pueblo.

Toda la gente celebró con gran júbilo por la noticia de que finalmente Arcadio se casaría, pues todos lo conocían muy bien por su carácter noble y sencillo.

Las participantes de la región se reunieron alrededor de la fuente, la cual estaba en el centro de la plaza, para la premiación del concurso, en donde los ejidatarios construyeron un trono para que se sentara la ganadora.

Sin duda alguna esa fue Emma, pues ganó unánimemente la votación por su carisma y belleza, la cual se resaltaba aún más por aquel hermoso vestido digno de una reina. «Premoniciones del destino», pensaba Felipe, en el momento en que el juez del pueblo le ponía la corona en su cabeza, y le entregaba el pequeño cetro que habían confeccionado de último momento. «¡Dios bendiga a la reina Emma!» Gritaba la gente.

_jema_sid

Capítulo 4

La reconciliación

La pasearon por las calles del pueblo, sentada en el trono construido por los ejidatarios, el cual pusieron en un camión adornado con todo tipo de detalles y flores por todos lados. Arcadio condujo el camión acompañado de Socorro, la mujer que sería su vida y su amor.

Toda la gente del pueblo les arrojaba flores en el momento que pasaban por sus casas, y le gritaban bendiciones para la nueva reina. Emma veía con gran cariño a todo ser que admiraba su ternura y gracia, además de bendecirlos con aquellas palabras entrecortadas de la primera edad. Nadie podría negar que aquella inocente luz de amor merecía ser la reina del pueblo, al darse cuenta de su hermosura y su resplandor de justicia y razón.

Felipe se sorprendía de lo mucho que la gente la quería y admiraba, lo cual le hacía pensar sobre el futuro glorioso de aquella región, cuando recibieran al libertador de la conciencia. Sabía que tendría que pasar mucho antes de que aquello pudiera ser posible, y que además cabía la posibilidad de que nunca pasara, debido a la maldad con que el mundo es engañado por la injusticia y la mentira.

Esos días sirvieron para que creciera una gran amistad entre Elida y Socorro, al igual que con su mamá Sofía Ceniceros, y su hermana Guadalupe Ceniceros.

Elida les contó de aquellos días cuando vivían en el basurero, y de cómo habían logrado liberar a la gente del verdugo que asolaba a toda la región con sus amenazas de odio. Estuvo a punto de contarles sobre lo que había pasado con la muerte de su tío, pero sintió que tal vez las pondría en un riesgo muy grabe al contarles algunas cosas, así que tuvo que modificar un poco la versión de cómo había pasado todo aquello. También les contó de la abuela y su gran amiga Mamá Chayo, a quien quería como si fuera su madre.

Doña Sofia Ceniceros le dio su condolencia por la pérdida de su tío, en el momento en que le daba la bendición para que Dios sanara sus penas. Le pidió que fuera fuerte para lograr vencer el dolor, y le regaló una cadenita de oro con un pendiente de plata que le había regalado su abuela.

—Ahora te hará más falta a ti, corazón —le dijo— tómalo y guárdalo siempre junto a tu pecho.

Elida se sentía muy contenta de contar con la ayuda de ellas durante su estancia en ese pueblo. Que si fuera por ella se quedaría a vivir para siempre, pero sabía que deberían partir lo más pronto posible hacia el norte, en busca de su propio destino como familia.

El recuerdo de Mamá Chayo y de su gran amiga Inés la invadía al sentir ese cariño que doña Sofia y sus hijas le compartían. Y aunque fuera algo efímera la ocasión, logró disfrutar al lado de ellas ese sentimiento de paz y harmonía que se siente en el hogar. No pudo evitar extrañar esas tardes en el jardín de la mansión, mientras disfrutaba la puesta del sol al lado de su abuela y sus amigas del alma. Las extrañó con lágrimas en los ojos en muchas ocasiones, aunque guardó la esperanza de que podría volver algún día para seguir disfrutando su amor.

De cierta manera, ella también sentía las premoniciones del destino al igual que Felipe, por eso sabía que su lugar estaría al lado de su hija y de su amado hasta el último momento de su vida.

La pequeña niña de nombre Genoveva, le dio un abrazo con mucho cariño a Emma, y le dijo que se volverían a ver de nuevo un día. Que la quería mucho; luego, le dio un beso.

Se paró en frente de Elida y de doña Sofia, y con esa simpatía de la inocencia que caracteriza a los niños en ocasiones, dijo, «Abuelita Sofía, este puede ser el comienzo ese al que te referías».

Aquella inocencia había provocado las lágrimas de su madre y de su abuela, por la verdad de sus palabras, pero, además, porque la pequeña tenía razón, y ellas lo sabían.

La pequeña Genoveva y Emma bailaban en medio de la habitación, en el momento en que la niña decía que se volverían a ver para celebrar juntas la libertad. «¡Sí!» Gritaba *Luz de Luna*. «¡Y un día todos celebraremos juntos!» Gritaba Genoveva, mientras bailaban tomadas de la mano, iluminadas por la luz del sol que entraba por la ventana.

Elida observaba detenidamente el momento para no perder ningún detalle, por sugerencia de Felipe, quien sabía que tan importante eran esos detalles para apreciar los momentos irrepetibles que la vida nos regala. Por esa y por alguna razón que presentía, es por lo que no dejaba de disfrutar cada segundo al lado de aquellos hermosos seres que el creador ponía en su camino. Aunque no se cegaba al destino que se precipitaba sin remedio ni piedad sobre ellos. «Premoniciones del destino», pensaba Elida, al ver a su hija y a Genoveva tomadas de la mano bailando de alegría, celebrando un acontecimiento que aún no sucedía.

En medio de toda esa alegría y convivencia, Elida pensaba sobre aquellas visiones que en ocasiones la atormentaban, pero aun así tenía la esperanza de que al final todo resultara como su corazón anhelaba. Sin saber que el destino, o el universo les tenía preparado algo sin igual. Con un camino incierto, pero con una gloria y luz incomparables, por lo que bien valía la pena intentarlo.

En el transcurso de esos días en que se quedaron en el pueblo de la Concordia, Genoveva le enseñó a Emma a decir un montón de palabras, así como las vocales. En ellas había crecido un amor recíproco muy especial, el cual trascendería más allá de lo que cualquier hombre pudiera llegar a imaginar jamás; pues, es el amor, la llave para liberar la verdad de todas las cosas que causan confusión en el mundo de los vivos, los miedos e incapacidades de autocrecimiento y sanación.

Estas cualidades que despiertan al espíritu de este sueño sublime de la realidad moderna se reconocen hoy en día por todos los seres humanos en el planeta, pero no se practican con la suficiente paciencia como para darse cuenta de que ese es el verdadero camino que el espíritu desea. Cada uno examínese detenidamente para saber qué es lo que necesita.

Los buenos valores, el respeto y la honestidad, así como la decencia y la empatía hacia todo este hermoso universo en el cual todos vivimos, son solo el ejemplo de algunas de estas cualidades que todos poseemos, pero que a menudo dejamos pasar desapercibidas debido al ruido confuso que los medios de divulgación moldean en nuestras mentes.

Las vicisitudes que nos enseñan el dolor son tan necesarias como las que nos enseñan la alegría y el amor; pues, el contraste debe ser balanceado para que el espíritu pueda comprender la diferencia entre la dualidad de nuestro existir; la naturaleza de nuestro estado físico en este mundo, así como la verdad de su origen como conciencia.

Es menester de cada uno el buscar comprender y asimilar toda cualidad que nos ayude a reencontrarnos con el verdadero propósito personal, para poder liberar toda atadura que pudiera mantenernos en la ignorancia y el temor, para verdaderamente vivir en libertad.

Tres días después del festival salieron de la Concordia hacia el norte en el viejo camión del padre de Arcadio, quien los llevó a un poblado que estaba cerca, y en donde se refugiaron por un día en la casa de uno de sus primos, antes de retomar su camino para intentar cruzar la frontera sin que nadie se diera cuenta. Porque no era conveniente que cruzaran con los permisos que la abuela les había conseguido, porque ese sería un rastro fácil de seguir para los que intentaban matarlos. Además, era probable que el padrastro de Elida ya supiera sobre ellos, y pudiera intentar seguirlos para hacerles daño.

Felipe decidió que deberían cruzar ilegalmente para que no existiera ningún registro con sus nombres, de esa manera no podrían saber adónde se habían ido.

Aún no se había dado cuenta del poder que estos codiciosos tenían en el mundo, e ignoraba el alcance de sus miserables intereses mezquinos.

Se despidieron por la tarde después de charlar un poco más sobre algunas cosas y detalles que Felipe le había confiado, respecto a algunas cosas que podrían sucederle en un futuro. Al final, Arcadio les dio un abrazo, y un beso a Emma en la frente.

—Sé que nos volveremos a ver —Les dijo Arcadio.

—Así es —le contestó Felipe— Ve con bien.

Por los inconvenientes que habían pasado, Elida y Felipe no habían tenido tiempo de retomar sus charlas nocturnas, hasta esa noche, donde finalmente tuvieron la oportunidad de charlar sobre lo que era más conveniente para la pequeña *Luz de Luna*.

Se quedaron en una pequeña habitación que el primo de Arcadio les había facilitado, en donde solo había un catre y un par de cobijas, así que tuvieron que acurrucar a Emma en medio de los dos para que no pasara frío, porque en esa región el frío era mucho más cruel en esa época del año.

A medianoche, Felipe despertó sintiendo una sensación extraña en su estómago, la cual lo hizo levantarse para meditar un poco sobre lo que le pasaba, porque no estaba seguro si estaba soñando o es que algo estaba por pasar.

Se paró frente a la ventana por donde entraba la luz de la luna, iluminando a Elida y a Emma en donde estaban acostadas.

Elida había despertado al sentir que Felipe se levantaba, pero no dijo nada hasta que lo miró preocupado mirando fijamente la luna.

—¿Qué pasa, Quijote? —le preguntó Elida.

—Aún no —le contestó Felipe.

—Estaremos bien, no os acongojéis mi amado —le insistió Elida—. Vuelve acá que debéis descansar.

—No sé si eso es lo que pasará —se le quedo viendo a los ojos—. Tengo miedo de fallar.

Elida le recordó el amor que sentía por él, y el favor que los divinos tenían por ellos, quienes los protegerían de cualquier cosa, sin importar el lugar ni el momento.

Volvió a al catre con sus amadas para intentar dormir un poco, pero luego de tres horas y media despertó de pronto con la misma sensación de angustia e inconformidad que no lo dejaba dormir. Se paró de nuevo para mirar la luna en medio de la madrugada, la cual brillaba más intensamente de lo normal.

De pronto se perdió en medio de las visiones que lo asaltaron en el momento, dejándolo inmóvil por algunos minutos, hasta que Elida le habló para preguntarle qué era lo que le pasaba.

En ese momento, Felipe volvía de sus visiones más angustiado que antes, preocupado de lo que no podría hacer si perdía la vida, porque no podría ayudar de ninguna manera a sus amadas después. Aun así, estaba dispuesto a dar la vida por ellas, si es que eso significaría que ellas estarían bien.

—Estoy bien, flaquita; no te preocupes —le dijo Felipe— Yo velaré por ustedes en lo que llega el día.

Elida le dijo que estaba bien, pero que debería intentar descansar un poco también, ya que el día sería algo difícil. Felipe lo sabía, pero también tenía asuntos que meditar primero con él mismo, antes de enfrentarse una vez más a su destino.

Elida intentó conciliar el sueño abrazando a *Luz de Luna* contra su pecho, para evitar que el frío místico de esas horas de la mañana perturbase sus sueños.

No pudo dormir por la preocupación que sentía al no saber cómo ayudar a su amado, con el peso que el designio divino había puesto sobre sus hombros, al escogerlo para llevar a cabo la tan difícil tarea de defender la verdad y el amor.

Elida no sabía que ya lo había hecho, de la manera más extraordinaria lo había ayudado a salir de su zona de conformidad; sobre todo, al amarlo de verdad.

Porque no fue sino hasta que Felipe pudo ver detrás de los ojos de Elida, que se enamoró de ella; entonces conoció el amor verdadero al ver la misma luz en los ojos del fruto de su amor, *Luz de Luna*. Gracias a ese amor que Felipe descubrió en ellas, fue por lo que Felipe reencontró el sentido a la vida y a la muerte. Antes solo vivía condicionado al mundo donde los poderosos manejan el destino de la población, sin poder escapar a la injusticia de la desigualdad y la indiferencia.

Los primeros rayos del sol de la mañana entraron por la ventana iluminando a Elida y a Emma, en el momento en que Felipe las veía con el temor de perderlas. No se explicaba por qué tendrían que pasar por todo eso que les acontecía, a pesar de saber que el camino de los escogidos así es, lleno de piedras y espinas, de dolor y llanto.

Renegó un poco al ver a sus amadas con la incomodidad de estar sufriendo por su culpa, pero no se acobardó de ninguna manera al pensar que su propósito era mucho más grande que cualquier vanidad o ego. Respiró profundo para tomar fuerza del corazón, y así poder enfrentar lo que sea que estuviera por pasar.

El buenos días de su amada hija y la sonrisa de su amada Elida lo llenaron de determinación.

Felipe escuchó algo de ruido en el corral de la vivienda, y supuso que era el primo de Arcadio preparando el carretón que los llevaría hasta el punto de cruce. Se dio cuenta de ello al escucharlo pelear con la mula, al intentar colocarla en el carretón. Le dijo a Elida que iría a ayudarlo y que regresaría en un momento; por lo cual, Elida le dijo que estaba bien, que se levantarían en un momento para alistarse para partir. Felipe le dijo que no se preocupara, que primero iría a ponerse de acuerdo con el primo de Arcadio, sobre los detalles de cuándo partirían, luego regresaba para informarle. Ella estuvo de acuerdo, y le recordó cuanto lo amaba, en el momento en que Felipe le daba un beso a Emma en la frente. «Yo también las amo, flaca». Les dijo Felipe.

Todas esas tardes cuando salían de cacería en el carretón de Chendo, su gran amigo y compadre, le sirvieron para aprender el arte de ensillar y colocar la mula en el carretón, por eso fue por lo que sugirió al primo de Arcadio algunas técnicas que le ayudarían a hacerlo mejor y más rápido.

Fidencio, tal como se llamaba aquel hombre alto y de piel morena rojiza, le contestó que no necesitaba su ayuda, porque tenía todo bajo control.

Que la mula se ponía muy rejega en esas horas de la mañana, por lo que él ya sabía sus mañas. Felipe le insistió de la manera más amable posible para que le permitiera mostrarle tan siquiera una vez, pero Fidencio se mostraba reacio en dejar que Felipe le enseñara cómo hacerlo, pues él lo hacía a diario de esa manera.

No había manera de hacerlo cambiar de parecer, de eso se dio cuenta Felipe, al reconocer en Fidencio la misma testarudez que él mismo había enfrentado en alguna ocasión.

Sabiendo que Fidencio no aceptaría su ayuda, de cualquier manera, Felipe se le acercó a la mula mientras Fidencio la intentaba empujar en el carretón. La tocó en el pecho, y la mula se calmó repentinamente, mientras Felipe le hablaba diciéndole que no se preocupara porque él la protegería.

La mula se le quedaba viendo a Felipe con el cuello agachado, luego puso su cabeza sobre el hombro de Felipe, cerró los ojos y suspiró. Felipe la abrazó por el cuello y la mula soltó una lágrima, la cual cayó en la mejilla de Felipe.

—Tranquila, no temas —le dijo Felipe a la mula—. Yo sé que hemos sido injustos contigo al no saber escucharte.

Fidencio se había quedado inmóvil observando lo que pasaba, sin saber qué decir o qué hacer; pues, en el momento que la mula lloraba, lo embargó un gran sentimiento de culpa, lo cual lo hizo llorar.

—Bencho no quería lastimarte —le dijo Felipe a la mula— Él no sabía.

Fidencio, al escuchar que Felipe lo llamaba Bencho, le preguntó a Felipe cómo era que sabía cómo le decían sus Familiares y allegados, qué si acaso era que Arcadio le había dicho, porque no le gustaba mucho que lo llamaran así, mientras se secaba las lágrimas e intentaba recuperar su postura de rudo.

—Ella me lo dijo —le dijo Felipe—. Sabe tu nombre. Mientras abrazaba a la mula por el cuello.

Fidencio cayó de rodillas mirando al cielo, llorando y pidiendo perdón a Dios por lo injusto que había sido con aquel inocente ser, que lo perdonara por piedad.

Felipe miró que era sincero su arrepentimiento, y pidió a Fidencio que se pusiera de pie para que se acercara a la mula y hablara con ella; pues, ella lo escucharía si es que le hablaba con el corazón sincero.

Con las lágrimas bañando su rostro, Fidencio se le acercó a la mula, y la abrazó del cuello rogándole que lo perdonara por lo injusto que había sido con ella. La mula puso su cabeza sobre el hombro de Fidencio, cerró los ojos y suspiró, en señal de que todo estaba bien entre los dos.

Por primera vez en mucho tiempo Fidencio sintió que vivía, por lo que reconoció lo ciego que había sido con aquel noble ser, sobre todo de la injusticia y la ignorancia en la que muchos vivimos engañados.

Prometió ser justo y respetuoso con ella para que no sufriera más por su culpa, y le secó las lágrimas con sus propias manos, de la misma manera que se secaba sus propias lágrimas.

Elida había salido del cuarto en el momento en que todo aquello pasaba, teniendo a Emma en sus brazos observando el ejemplo que la vida tiende sobre nuestros huesos y carne doliente, para aprender la lección que nos ayudará a crecer como espíritus.

Emma pidió a Elida que la bajara, y caminó algunos pasos hacia donde estaba Fidencio abrazando a la mula.

La mula reaccionó volteando a ver a Emma, quien levantaba la mano para saludar a aquel pobre ser inocente, sonriéndole con esa cara de ángel de luz.

Luz de Luna caminó algunos pasos hacia ella, por lo cual Felipe le pidió a Fidencio que esperara un poco, lo cual Fidencio hizo sin preguntar nada.

La mula se dio la vuelta, caminó hacia el carretón y se colocó por si sola para que la amarraran, lo cual llamó la atención de Fidencio, de tal manera que se le acercó para besarle el cuello. Le dijo lo buena que era y que la quería mucho, luego la amarró con todo respeto, sin ningún abuso discriminativo o sadismo, para que pudieran partir lo más pronto posible y poder llegar a tiempo al punto de cruce.

Partieron a las seis treinta de la mañana, después de haber preparado algo de comer para el camino, gracias a que Fidencio les compartió algo de lo poco que tenía en su pequeña y humilde cocina de adobe.

Se podría decir que Fidencio había experimentado un despertar del sueño que la vida había formado en él, al reconocer que sus hechos estaban equivocados, que sus intenciones eran malentendidas; por eso, cambió su postura de hombre brusco y mal encarado, al sentir la verdad del amor universal entre todos los seres de la creación, en el momento de la reconciliación entre él y la mula, la cual durante muchos años le había servido sin recibir algún afecto de agradecimiento.

Llegaron hasta unos jacales que Fidencio había heredado de su abuelo, para descansar un poco del frío que se sentía cada vez más en medida que pasaban los días. Eso preocupaba mucho a Felipe y a Elida, por el riesgo que había de que Emma se enfermara por andar de un lado para el otro, por eso insistieron a Fidencio que deberían cruzar lo más pronto posible, antes de que empezara a congelarse por las noches. Fidencio les dijo que no se preocuparan, que pasado mañana por la tarde cruzarían, porque ya tenía todo planeado con uno de sus amigos, quien los llevaría hasta un pequeño poblado al otro lado de la frontera, en donde se podrían quedar el tiempo que quisieran mientras decidían qué hacer o a dónde irse.

En todo ese tiempo de camino que les tomó llegar hasta la línea divisoria, Felipe conversó con Fidencio algunos detalles sobre el camino que podría tomar su vida, si es que no ponía atención a ciertos detalles que se presentarían inesperadamente en su camino.

Fidencio tomó con mucho respeto cada consejo que Felipe le dio, por lo que se sentía agradecido por haberlo ayudado a darse cuenta del malentendido que lo mantenía esclavizado en la indiferencia.

Ahora estaba comprometido en compartir ese sentimiento que había descubierto en él, y el cual ignoraba que tenía. Su determinación era más firme que su orgullo o su vanidad, pues ahora la rudeza de su ignorancia no lo cegaba más, por eso desnudó su ser sin temor para recibir la luz de la verdad y la razón de la justicia. Ahora era libre, ahora él tenía el control de su vida.

En unas horas después de que salieron llegaron a Charcos de Risa, en donde con la ayuda de un amigo los llevaron hasta Cuatro Ciénegas, en un camión que usaban para acarrear vacas. Descansaron en una cabaña de troncos que el amigo de Fidencio había construido para llevar a su familia de vacaciones cada año. No por mucho tiempo, porque Felipe insistió que deberían partir lo más pronto posible, así que, solo se ocuparon de las necesidades básicas y se alistaron para partir de nuevo hacia el norte.

Fidencio charló con su amigo sobre algunos detalles de lo que le había pasado, para que comprendiera un poco la razón de porqué quería ayudarlos siendo unos completos desconocidos para él.

Al escuchar su forma de hablar y la manera en que se refería a Felipe y sus amadas, el amigo de Fidencio se sorprendía de lo que escuchaba, porque lo conocía muy bien, y sabía que él no era así. Se sintió muy orgulloso de que finalmente alguien le había hecho ver su lado oscuro, pero que se sentía más contento por saber que Fidencio había aceptado sus culpas.

No hay nada más acogedor que sentir el abrazo de un amigo al sentirte arrepentido, eso es un galardón que muchos sabemos.

Desde que el abuelo de Arcadio le había enseñado a conducir, él y Fidencio lo visitaban en el verano para ir a las carreras de caballos a Cuatro Ciénegas.

Amador Bernal, era como se llamaba aquel joven simpático de postura alegre, y de simple corazón, quien también había asistido a la misma escuela que ellos cuando era niño.

Antes de partir de nuevo, Fidencio le mostraba un mapa a Amador, para ver qué ruta sería más seguro para llegar hasta Minas, pues no quería que tomaran el camino principal que conducía a Monclova.

Felipe se les acercó para ayudarles un poco con su experiencia, pero Amador conocía el lugar mucho mejor que cualquiera, por lo que sugirió una ruta que él conocía muy bien. Felipe estuvo de acuerdo con Amador sobre la ruta que deberían seguir, como si él mismo conociera aquel pasaje misterioso, el cual se dispusieron a tomar después de ponerse de acuerdo en los puntos que pararían.

Fidencio sugirió a Amador que confiara en lo que Felipe le indicaba, para que no se desviara de lo que habían acordado por ningún motivo, y que decidiera en ese momento si es que quería continuar ayudándolos.

Amador, aun sabiendo que tal vez su vida correría peligro, aceptó de buena manera continuar, ya que apreciaba mucho a su gran amigo. Y al verlo tan animado y metido en su diligencia de ayudar a Felipe y a su familia, de inmediato les ayudó a subir las maletas al camión, y algunos morrales con algo de comer para el camino.

Felipe sabía que les tomaría más tiempo del que Fidencio había estimado, para poder llegar a la frontera del país. Y eso le preocupaba, pues el frío se sentía mucho más entre los cerros, y temía que eso fuera a ser un impedimento para que pudieran pasar sin contratiempos.

En Minas recargaron combustible, además de ponerle algo de aire a una llanta del camión en una des ponchadora, la cual estaba en contra esquina de la estación de gasolina. Luego, partieron de inmediato para no perder mucho tiempo y poder llegar a Morelos antes del atardecer.

En el camino de Morelos a San Carlos, Felipe sintió una sensación extraña en su vientre, lo cual lo hizo preocuparse un poco creyendo que algo pasaría, pero en el momento que quiso decir algo tuvo una visión muy confusa sobre un lugar muy frío y oscuro, en donde se podía ver a sí mismo tirado en el suelo herido de muerte.

En ese momento pudo ver a *La Anciana del pelo Blanco* detrás de él, con la lanza en su mano, apuntándole justo a la cabeza. No pudo ver más detalles, ya que tenía que volver de vez en cuando para no preocupar a Elida de su reacción.

Ella sabía lo que le pasaba porque lo conocía, y por ese instinto característico de las mujeres que se agudiza más en las madres, de sentir y presentir cosas que podrían pasarles a sus seres queridos.

Elida se le acercó para recargarlo un poco sobre su hombro y darle algo de comodidad, dejando a Emma cobijada al lado de las maletas, en un catre que Arcadio les había regalado.

—Estoy bien —le dijo Felipe— No te preocupes flaquita.

Mas que nada, lo hizo para no preocuparla más de lo que ya estaba de por sí. Por ese estrés que causaba tener que estar huyendo para salvar la vida a cada rato, y sin saber cómo ni cuándo. Elida estaba consciente de lo que posiblemente pudiera pasar, al contar con ese don celestial que se agudiza en las madres al presentir cosas que los hombres no tienen idea. Sobre todo, al tener el privilegio de guiar y apoyar al elegido por los divinos, a continuar valientemente y sin temor en ese camino incierto lleno de amargura y preocupaciones.

Todos sabemos ese dicho famoso que dice, "Detrás de un gran hombre siempre hay una gran mujer."

Algo a su favor era que Felipe contaba con ese don celestial, el cual presiente de ante mano lo que pudiera pasar en determinado momento, y eso los ayudaría a tomar ventaja ante el enemigo en el momento adecuado, en el tiempo indicado.

Ella tampoco estaba desfavorecida por los divinos, al ser la que sostenía la carga de proteger el amor y la razón de la justicia, entre la fría indiferencia e ingratitud con que muchos hombres contaminan sus corazones.

Sin duda, juntos eran mucho más fuertes de lo que creían. Cada uno ponía su granito de arena para construir el camino y los cimientos del hogar con el cual soñaban tendrían algún día.

Elida regresó y tomó a _Luz de Luna_ en sus brazos, la acurrucó contra su pecho y le dijo a Felipe que ellas estarían bien, que no se preocupara.

Que ese no era el momento de decirle, pero que sentía dentro de sí que todo resultaría de acuerdo con los planes que los divinos habían trazado en sus destinos. Y que al final, el propósito sería rebelado ante los elegidos para ayudar a otros con la verdad.

Felipe la conocía al igual que ella a él; por tal, sabía que ella tenía el don más elevado que él, y confiaba que tenía razón, aun sabiendo que les costaría la vida.

Felipe reconocía que el propósito era más grande que el periodo de tiempo de la vida humana en este planeta, comparado con el estar sin tiempo del espíritu.

Se les acercó y las abrazó llorando de felicidad, por esa casualidad de la vida en ponerlos juntos como familia, como un equipo especial de sentimientos parecidos. «No sé cómo

nombrarte, pero gracias por permitirme este momento»,
pensaba Felipe, en el momento en que su corazón irradiaba
una energía extraña que los cubría a los tres, la cual hacía que
se les pararan los cabellos de punta, pero la cual los mantendría
protegidos del frío y el viento hasta llegar a la línea divisoria.

_jema_sid

Capítulo 5

El convenio de los divinos

Cruzaron la frontera el siguiente día por la tarde en una pequeña balsa que un amigo de Amador les había facilitado en San Carlos.

Amador le dijo a su amigo que querían ir de pesca a la laguna, porque un conocido y su familia le habían visitado, por lo que quería mostrarles el lugar.

Al amigo le pareció algo extraño que Amador no trajera a su familia con él, pero aun así no le preguntó nada al respecto. Le prestó la balsa con la condición de que volvieran el siguiente día porque quería acompañarlos, ya que estaba ocupado en ese momento con algunos asuntos en el dispensario del pueblo. Amador le prometió que regresarían temprano por él, e irían a la laguna para competir quién sería el mejor pescador, que se preparara porque no le daría ninguna tregua esta vez. Su amigo aceptó el reto y le prometió que él tampoco le daría oportunidad alguna, que mejor dejara de fanfarronear porque solo terminaría llorando de vergüenza como la última vez.

Esa fue la última tarde en la cual tuvieron el privilegio de pisar la tierra que los vio nacer, por lo que el universo los despidió con ese atardecer arrebolado como para que nunca quisieran irse.

A pesar de darse cuenta de cómo el universo intentaba persuadirlos de lo que posiblemente les esperaba al cruzar la frontera, cruzaron el Rio Bravo al caer la noche sin que ni siquiera los peces se dieran cuenta.

Como si todo estuviera listo para que pudieran cruzar sin algún contratiempo, o sin que la adversidad impidiera lo que los divinos ya habían decidido. Contra eso nadie podría hacer cosa alguna, pues aún los poderosos y corruptos deben doblegarse ante la voluntad del creador.

Amador llevó a Felipe y a su familia hasta El Quemado, en donde los alojó en la casa de un pariente suyo quien vivía enfrente de la iglesia Bautista del pueblo. Ahí se quedaron algunos días para que pudieran descansar del viaje, y pudieran pensar bien lo que querían hacer después.

En el Quemado Felipe conoció a un amigo de la prima de Amador, quien la visitaba por las tardes en algunos días. Ellos habían crecido juntos en esa comunidad, y jamás habían dejado de procurarse como amigos, a pesar de que ya cada uno tenía su propia familia. No existía ningún romance entre ellos, solo la amistad sincera; pues, quien conoce a un buen amigo, sabe que en ocasiones parece más fiel y acogedora su ayuda que la familiar.

Eleonor Bernal, tal como se llamaba aquella mujer de piel clara y carácter dulce, servía de voluntaria ayudando con los niños discapacitados en la escuela del pueblo. Les daba clases de arte y meditación por las mañanas, y por las tardes en ocasiones los visitaba en sus casas para llevarles algo de comida y juguetes; además de aprovechar la visita para hablar con los parientes de los niños sobre algunos cuidados que deberían tener en el momento de atenderlos, de acuerdo con las condiciones que cada niño tenía.

Su gran amigo del alma, John Bonham, quien era un tipo simple y de muy amplio criterio, platicaba con Felipe sobre las aventuras de su vida, mientras Eleonor reía de los disparates que su gran amigo contaba.

—Conspiraciones —le dijo Eleonor.

—No son conspiraciones —le contestó John—. Lo que pasa es que eres necia como una mula.

Eleonor no estaba de acuerdo con las ideas conspirativas que John contaba a Felipe, pues era una mujer muy segura de sus convicciones y de sus creencias. No aceptaba la idea de que existieran seres de otros mundos viviendo entre nosotros, sin que la gente se diera cuenta.

Felipe escuchaba atentamente lo que aquel tipo idealista contaba sobre sus experiencias con estos seres de otros mundos, y de la manera que manipulaban la vida de todos.

Eleonor preguntó a Felipe si es que creía las locuras que su amigo le estaba platicando, convencida de que Felipe no apoyaría tal disparate. «Tal vez, el no creer que es posible sea una de sus tretas que sirven a su favor». Le contestó Felipe. Eleonor soltó una gran carcajada al escuchar a Felipe apoyar a John con sus locuras, por lo que volteó a ver a Elida preguntándole si podía creer lo que este par de locos decían. Elida no se mostraba sorprendida, ni reflejaba desacuerdo en lo que acababa de escuchar por parte de John. Se le quedó mirando a Eleonor por unos segundos, hasta que Eleonor dejó de carcajearse por la manera en que Elida la miraba, luego tomó un poco de aire y suspiró.

Eleonor se dio cuenta de que Elida intentaba decirle algo en el momento de ver la luz de sus ojos, lo cual la hizo dudar de lo que realmente pasaba. Pero aun así se mantenía escéptica sobre aquellas descabelladas ideas que su amigo siempre contaba.

Se negaba a aceptar una idea diferente a como ella había sido educada, pues su creencia religiosa no permitía la libertad de su conciencia, limitando su apertura a tan solo algunas ideas radicales. Aun así, su espíritu estaba libre de avaricia o vanidad, de codicia o envidia.

Elida le pidió que la acompañara a la habitación para ver la ropa que le había regalado para la pequeña Emma, y para que pudieran platicar un poco más al respecto. Eleonor la siguió algo desconcertada por la luz misteriosa que había visto en Elida, pero se mostró indiferente, hablando de los niños de la escuela y la manera en que el Dios único y poderoso los cuidaba, sin querer abordar de nuevo aquel tema que la inquietaba. Elida se dio cuenta de la incomodidad de Eleonor, al verla hablar de los niños, y al ver como el orgullo en su pecho no la dejaba respirar. En especial por la manera en que esquivaba su mirada en todo momento.

Elida le pidió que la mirara a los ojos, y le dijo que ella no era ninguna Medusa, que no la convertiría en piedra. Además, era mujer, que no funcionaría con ella. Ambas se rieron al mismo tiempo por lo que Elida había dicho, y el tema que la inquietaba se fue de su mente al sentir la confianza que Elida reflejaba en su mirada.

Pasaron un buen rato platicando un sinfín de cosas, mientras Felipe terminaba de platicar con John sus hombradas en la vida.

Elida le contaba de su abuela, de cómo pasaban las tardes tejiendo chambritas para los niños, y haciendo todo tipo de manualidades. De cómo disfrutaba escucharla cantar, ya que la abuela había sido parte de un grupo llamado Los Mirlos, en sus años de juventud.

Le contaba que la abuela tomaba una siesta después de la comida, luego se levantaba para ir al jardín a regar las plantas y los árboles, cantando todo el tiempo aquellas canciones lindas; las mismas que le cantaba de niña antes de dormir.

Eleonor era una mujer noble y de buen corazón, no le costó trabajo ganarse la confianza de Elida, ni el cariño de Emma; pues, si había algo que mejor hacía en la vida, era ayudar a los niños y a quererlos de todo corazón. En ella no había ninguna malicia, ni obsesión por las aberraciones íntimamente arraigadas en el subconsciente; pues, ni la avaricia, ni la envidia se habían apoderado de sus ideales, ni de sus objetivos como persona.

El servicio voluntario refleja la verdadera naturaleza del espíritu.

Esa naturaleza se reflejaba intensamente en sus acciones de nobleza, en la iglesia ayudando a los ancianos a sentarse en los pupitres; así, como en el trato cotidiano con los demás, quienes formaban su entorno laboral, o dedicación diaria, y casi aberración por querer ayudar a aquellos pobres niños discapacitados.

Podría colgarle mil atributos más que la definieran un poco como la excelente persona que era.

En esos días Elida le ayudó un poco con el quehacer de la casa, mientras Eleonor iba a prestar servicio a la escuela. Y en algunas tardes cuando iba a ayudar a limpiar la iglesia durante las horas en que no había servicio. Eleonor lo había hecho todos los días durante muchos años, desde que su hijo mayor había muerto en la guerra.

Sin lugar a duda, eso había causado un gran impacto en su vida y en su fe. Aun así, nunca formó reproches contra Dios por haberle quitado a su hijo, ni por haber permitido que su marido se quitara la vida, al saber que su hijo había muerto. Eleonor se había refugiado en la idea dentro de su corazón, de que existía un paraíso en el cielo en donde sus seres queridos reposarían para aliviar sus dolores, y que Dios cuidaría de ellos, tal como ella lo haría si le fuera posible.

Cada uno juzgue a su manera lo que sea que tenga que tratar consigo mismo, para que luego pueda trascender un poco más en la búsqueda de la verdad, con un corazón más noble, y una sabiduría más completa sobre lo que es correcto ante la vida y el amor.

John era ingeniero eléctrico, y trabajaba desde hace varios años para la compañía de suministro de energía del condado, después de haber trabajado para el ejército desde que se había graduado de la universidad, en diferentes proyectos en distintos estados de la nación. Le gustaba la música clásica y discutir sobre la filosofía de *La República de Platón*. Siempre aburría a sus espectadores con sus charlas, sobre conspiraciones que el gobierno del mundo inventaba para manipular a la población, lo cual provocaba que la gente lo ignorara y juzgara como un loco desquiciado.

Felipe comprendía el sentimiento de impotencia que John sentía cuando la gente lo ignoraba, porque él se sentía de la misma manera al intentar contarle sus experiencias a los demás. Experiencias que bien podrían servir para que esas mismas personas pudieran aprovechar la lección que otros ya han aprendido, y aplicarla en sus vidas.

Felipe había comprendido desde hace mucho tiempo atrás, de que no se trataba de contarle a todos sobre lo que experimentamos en la vida, sino de trasmitir con los actos cotidianos en nuestra propia persona, las intenciones que el espíritu aprendió en su realización.

Su amistad creció con los días, no por coincidir en sus ideales, sino por el buen corazón con que los dos contaban y la nobleza que se reflejaba en todos sus atributos, al compartir con los demás seres vivos la vida que se les había encomendado.

Era obvio que sus espíritus contaban con más fuerza e inteligencia que otros, por la sabiduría que sus actos reflejaban en el servicio que siempre estuvieron dispuestos a prestar, sin esperar algún reconocimiento que alardeara un poco la vanidad.

El bisabuelo de John había emigrado de Escocia un poco más de un siglo atrás, trayendo consigo a su familia. Meces después de que se registraran en el Castillo Clinton, junto con su esposa y dos hijos, decidieron emigrar un poco más al sur en busca de la tierra prometida, la cual se le había revelado en una visión al tatarabuelo de John en el momento justo antes de morir.

La historia se mantuvo por tradición en la familia, y con el paso del tiempo se llegó a celebrar dicha fecha en conmemoración de la primera fundación que había hecho el bisabuelo de John, y otros más emigrantes quienes decidieron establecerse en ese lugar para sembrar sus sueños; los cuales, dieron frutos que alimentaron a muchos sin que nadie tuviera la idea de esa verdad.

John había abandonado esa comunidad después de graduarse de la universidad como ingeniero eléctrico, para trabajar en la armada como oficial a cargo de proyectos para la guerra, altamente secretos. Según lo que siempre contaba en sus charlas interminables.

Había terminado en el Quemado porque se había casado con una joven hermosa nativa de esa tierra, quien lo hechizó totalmente dándole un par de hermosos hijos, quienes reflejaban con su forma de ser, el carácter de amor y respeto que se les enseñaba en casa.

Este par de gentiles seres, acompañaban a su padre muy a menudo para platicar con Felipe, cuando tenían tiempo por las tardes después del trabajo y la escuela; pues, después de clases, trabajaban en el taller de carpintería del pueblo como ayudantes. No les pagaban ni un quinto, pero lo hacían de todo corazón por la gran intención que tenían de aprender un oficio nuevo cada año.

Eran igual de locos que su padre, igual de lúcidos e inteligentes, y a quienes no se les engañaba tan fácilmente con cualquier cuento de cuna. Tenían el don de comprender las cosas un poco más profundas que cualquiera de nosotros, porque así lo había querido el universo, según lo que John contaba a Felipe en sus charlas al atardecer. Eran unos chavales muy nobles, quienes siempre pedían permiso muy cordialmente y con una gran sonrisa antes de opinar cualquier cosa. Siempre esperando el momento oportuno para no interrumpir a media charla a la persona que estuviera hablando.

Sabían que su padre no era un mentiroso, ni un charlatán que se dedicara a manipular a la gente con sus cuentos de mundos lejanos y vida estelar.

De cierta manera apoyaban las ideas que su padre les contaba sobre la inmensidad de mundos en la galaxia, en donde habitaban distintas expresiones de la vida, con características y forma según las condiciones de cada mundo. Aun así, se mantenían con un cierto margen de crítica respecto a todo lo que les contaban, y compartían la creencia de que existía la gran posibilidad de que todo eso fuera una mera fantasía creada por su padre para mantenerlos entretenidos cuando eran niños, y que en algún determinado momento se había convertido en una verdad condicionada.

Felipe recordaba a los niños de su compadre Chendo, al escuchar hablar a aquellos lúcidos y bien educados par de querubines.

Recordaba las tardes cuando salían de cacería, y los niños hablaban de cualquier cosa como si supieran las respuestas para todas ellas.

Felipe sintió que su misión estaba por concluir en ese lugar, por lo que debería prepararse para partir lo más pronto que se pudiera, porque quería llegar al lugar en donde se concentraban sus visiones, para poder descubrir la razón de por qué aquel lugar era tan especial para su familia.

Presentía algunas cosas que lo atormentaban al no saber con claridad de lo que se trataba, pero también sabía que era esencial que se aventurara para poder cumplir con la tarea que los divinos ponían sobre sus hombros, al utilizarlo como una herramienta esencial en este mundo lleno de injusticia y odio, para así liberar a los inocentes de la esclavitud amarga con que son engañados y atormentados.

Estaba seguro de que tenía una misión importante que realizar, no solo en este mundo, sino entre las estrellas. Eso era un misterio del cual estaba dispuesto a descubrir sin importar el medio o la manera.

Lo único que le preocupaba era el dolor que pudiera causar por su obligación a sus amadas, pero también sabía que eso era inevitable. Además de que era necesario que todo sucediera de una cierta manera para que pudiera comprender la lección debidamente, sino entonces sería un fracaso total.

Le contaba a Elida en sus charlas nocturnas, algunas cosas que John le platicaba sobre su trabajo, además de las locuras que siempre decía sobre la vida que existía entre las estrellas. Ella siempre lo escuchaba con gran atención, respetando su opinión muy serenamente sobre lo que Felipe le contaba, pero lo interrumpía si es que tenía algo que decir, ya sea que era porque difería de sus opiniones, o porque estaba de acuerdo.

En una de esas noches Felipe se dio cuenta de que ella no quería opinar ni una palabra al respecto, por lo que le pareció algo extraño su actitud de preocupación al escuchar el tema.

—¿Que tienes, flaca?

—Es una angustia en mi vientre, que no sé qué hacer —se quedó pensando un poco, y le dijo—. No sé cómo decirte, pero allá afuera hay voces que llaman por mi ayuda, pero no sé cómo ayudarles.

Felipe la abrazó fuertemente contra su pecho, mientras ella lloraba por la impotencia que sentía al no saber cómo ayudar a aquellas pobres almas.

Lloró todo lo que tuvo que llorar, hasta sentir alivio al pensar que al menos podría ayudar a aquellos que estuvieran cerca. Y que, tal vez, esa era la respuesta que intentaba encontrar en medio de la angustia al no saber qué hacer.

La pequeña Emma al escuchar a su madre llorar, se bajó de la cama y caminó hacia ella con los brazos abiertos, llamándola. «Mamá, mamá». Le decía Emma, con el mismo llanto que lastimaba a su madre en el corazón, pues ella lo sentía también en su pecho al verla llorar de angustia.

Fundidos en el abrazo místico del amor, por los que sufren el inevitable e inexpresable dolor ajeno, formaron el momento irrepetible, en donde misteriosamente empezó a emanar una especie de energía que los rodeaba a los tres, la cual era similar a la energía que había experimentado Felipe en la capilla del padre Joaquín.

Felipe tomó a Emma en sus brazos, y entre los dos abrazaron a Elida mientras aún lloriqueaba. A ella le reconfortaba ver y sentir como la acogían en sus brazos, con amor incondicional y desmedido por parte de sus seres más amados en la vida. La energía se hizo más placentera al momento en que cada uno realizaba en su ser, que el estar juntos era lo más importante como familia; pues, se tenían uno para el otro. Sobre todo, en los momentos en que el alma sufre más las angustias que las vicisitudes de la vida nos pone a prueba.

Esa misma noche planearon el siguiente paso en su cometida, para estar mejor preparados en caso de que algo fuera a pasar, pues, el don que ambos tenían los hacía aún más fuertes de lo que imaginaban.

Empezaban a compartir sus inquietudes respecto a las cosas que cada uno había descubierto en sus visiones, para formar una mejor idea de cómo y dónde se llevarían a cabo ciertos acontecimientos.

Cada uno tenía ciertas visiones respecto a lo que le inquietaba en su alma, y no se conjugaban en una claridad secuencial, ni mucho menos. Estas visiones, diferían en tiempo y lugar las unas de las otras; al menos, en ese momento era lo que ambos reconocían.

Eleonor se puso algo triste al saber que habían decidido marcharse, porque les había tomado mucho cariño en ese poco tiempo en el que humildemente les había ofrecido su casa.

La simpatía y modestia de Elida había cautivado la atención de Eleonor; tal vez, para intentar llenar el vacío que había quedado después de haber perdido a su familia. Les dio la bendición y les dijo que los apoyaría en cualquier cosa que ellos decidieran hacer, porque siempre contarían con su amistad.

Elida le había platicado a Eleonor algunas razones por las cuales no podían quedarse por mucho tiempo, pero sin contarle demasiados detalles, como para que no corriera riesgo su vida al saber más sobre ellos; además, que por circunstancias que el hombre no puede entender, tendrían que huir lo más lejos posible de ciertas criaturas mezquinas, y quienes los perseguían para matarlos.

Al principio Eleonor no le entendía lo que le decía sobre aquellas criaturas sin amor, ni las razones que tenían para querer matarlos. Fue el rose cotidiano con Elida y la pequeña *Luz de Luna*, lo que la hizo cambiar de opinión sobre algunas cosas, en las cuales algunos no ponemos atención, y que van más allá de cualquier concepto del pensamiento.

Eleonor sabía que siempre habían existido malvados quienes perseguían a los hijos de Dios para matarlos, y sabía que la maldad no descansaría hasta lograr terminar con la luz de la verdad.

Lo comprendió al verlos partir en el automóvil de John, en el momento de sentir de nuevo la soledad, queriéndola capturar en un estado de tristeza y abandono.

La verdad de lo que había comprendido al convivir con ellos la reconfortó con esperanza en su corazón, y las lágrimas de la tristeza por la despedida se volvieron de alegría, pues entonces comprendió que lo único que podría ofrecerles, era el deseo en su corazón de que Dios los bendijera siempre en su camino.

Felipe había acordado con John para que los llevara a la Ciudad de Cristal, en donde se verían con uno de sus amigos para que los ayudara a llegar a La Victoria, en donde vivían unos familiares lejanos de él. John les había escrito una carta a sus familiares para pedirles que ayudaran con lo que les fuera posible a Felipe y a su familia. Que les agradecía de antemano y confiaba que pronto podría ir a verlos, y convivir un poco como cuando eran niños.

Felipe se despidió de su buen amigo y de sus dos hijos, dándoles un par de consejos a cada uno para que no dejaran que la maldad confundiera nunca a su noble corazón. Ellos de por sí eran seres muy fuertes de espíritu, aun así, apreciaron el consejo de aquel humilde hombre quien solo intentaba llamarlos a la acción de proteger la verdad.

Con una mano tocó el libro y con la otra los bendijo. Ellos los abrazaron al final, y les dijeron que esperaban que los visitaran de nuevo algún día.

Emma los tomó de las mejillas con sus manos y besó la frente de cada uno, al momento en que los bendecía y les decía que los quería mucho. Elida de igual manera les dio un abrazo y un beso en la mejilla. Les dijo que eran muy afortunados en tenerse el uno al otro, que no dejaran jamás que la adversidad y el engaño los separara. Ellos prometieron ser buenos.

El amigo quien los había llevado hasta La Victoria no había encontrado a los familiares de John, ni a persona alguna que les pudiera dar alguna razón de ellos. Parecía como si nadie los conocía, o que nunca habían vivido en ese lugar. Eso preocupó de gran manera a Felipe y a Elida, quienes sospechaban que la maldad trabajaba para que nada les saliera bien.

Quién podría negar lo que por todos es sabido, que cuando se intenta hacer algo bueno, siempre existe una fuerza contraria igual o mayor para evitar que se lleve a cabo la tarea. Mientras más te acerques a lo bueno, mayor será la respuesta de la oscuridad para evitar que logres tus objetivos.

A pesar de eso, no se debe doblegar tu esperanza de que, si persistes en trabajar en tus sueños de hacer el bien, tarde que temprano lo lograrás. No te detengas.

Al no saber qué hacer, acudió a uno de sus amigos de confianza, y quien se dedicaba a comerciar con objetos que se utilizan en ritos vudú; algunas especies de plantas medicinales y amuletos mágicos. Con la esperanza de que pudiera ayudarlos a encontrar un refugio, se fueron en su búsqueda.

Un hombre mediano y de piel oscura como la noche, de nombre Low Burnett, los recibió muy alegre con una gran sonrisa en su rostro, con los brazos abiertos sosteniendo un amuleto en cada mano.

—Bon jour, madame —le dijo a Elida en cuanto la vio a los ojos.

—Buenos días, amigo —le dijo a Felipe.

Se acercó a Emma bendiciéndola con los amuletos que traía en las manos, luego les dio un gran abrazo y los invitó a pasar para que descansaran un poco del viaje, y de las penas de tener que estar huyendo todo el tiempo para salvar sus vidas.

A Felipe no le parecía extraño que aquel hombre supiera las razones por las cuales habían llegado hasta ese lugar tan alejado de su hogar. Sabía que en algún momento aparecería alguien indicado que los ayudaría a continuar con su camino hacia el norte, pero no recordaba haber tenido alguna visión acerca de aquel hombre misterioso, quien les ofrecía la ayuda que precisaban en ese momento.

Al igual que a Elida, su intuición le hacía pensar que por lo menos tenían una oportunidad para descansar.

Se quedaron por algunos días en la casa de Low Burnett, mientras decidían qué hacer, porque no estaban seguros si quedarse en ese lugar o continuar más hacia el norte.

Felipe y Elida tuvieron que tomar en cuenta muchas cosas antes de decidir continuar, porque no podían permitir que ninguno de los malvados que los perseguían lograran hacerles daño. Mucho menos que lastimaran a la pequeña Emma, quien era inocente de las avaricias mezquinas de estos manipuladores de la verdad, y quienes controlan el mundo con sus mentiras. Esa misma noche Low los invitó a un rito que había preparado especialmente para ellos, que no correrían ningún riesgo, ya que el rito era con la única intención de ayudarlos, porque Dios así lo quería y porque esa era su obligación; además, les dijo que era esencial que Emma recibiera las bendiciones requeridas que necesitaría en la reconquista de su reino.

Elida volteó a ver a Felipe algo inquietada por lo que Low había dicho, pero Felipe le tomó la mano y le sonrió mirándola fijamente a los ojos.

En ese momento Elida pudo escuchar a Felipe decirle que todo estaría bien, que no se preocupara. Ella se mareó un poco por la impresión que tuvo por haber escuchado a Felipe dentro de su cabeza, sin que este moviera sus labios, pues era algo que ella nunca había experimentado. «¿Como es posible?» Pensaba Elida, en medio de la confusión que la razón formaba en su mente.

Low puso la mano en la frente de Elida, por lo que Elida empezó a tener visiones sobre un futuro lejano, en donde miraba a su hija llorar de angustia y sufrimiento, sin que ella pudiera ayudarle de alguna manera. Felipe sabía que eso era necesario para Elida en su camino espiritual, porque ese era su momento; al igual que lo fue para él en la pirámide de *La Anciana del pelo Blanco*.

Sin intervenir, se quedó mirando únicamente con gran atención para no perder ningún detalle, y aprender más sobre su propio camino; pues, tal vez, un día tendría que hacer lo mismo cuando llegara el momento, o cuando comprendiera las lecciones necesarias y obtuviera el don de guiar a otros en su camino espiritual.

Elida regresó de su trance con unas ganas inmensas de llorar, al grado de no poder sostenerse de pie, por lo que cayó de rodillas ante Low. Este extendió la mano hacia Felipe en señal de que todo estaba bien, y le dijo que esperara a que ella se levantara por sí sola, que eso era necesario para su iniciación. Elida se levantó después de un par de minutos, cuando ya hubo asimilado lo que pasaba dentro de su ser, aún con algunas preguntas sobre la naturaleza de lo que le había pasado; pues ella quería encontrar una respuesta dentro de la lógica del pensamiento que le aclarara un poco la confusión que aún sentía.

Después de algunos minutos, y de algunas respuestas por parte de Low y Felipe, Elida tuvo claridad en su ser respecto a su propia experiencia en la vida, pudiendo entender un poco la razón por la cual había reencarnado esta vez. No le eran muy claros los detalles sobre algunos acontecimientos que había visto en sus visiones, pero sabía que en su momento todo se le rebelaría.

—La révélation prend un certain temp, madame —le dijo Low Burnett a Elida.

—Oui c'est le cas —le contestó Elida, mirándolo fijamente a los ojos.

Elida le puso a Emma uno de los vestidos que ella había confeccionado junto con la abuela y su gran amiga Mamá Chayo, para el rito que se llevaría a cabo a las tres de la mañana en una pequeña gruta que se encontraba cerca de esa región.

Felipe llevó consigo el *Libro de Raziel* dentro de su morral, porque sintió que le sería necesario en algún momento.

Afuera de la gruta se encontraban doce monjes, quienes los esperaban con flores e incensio. Todos vestidos de negro con cinturones dorados. Seis jovencitas vestidas de blanco regaban pétalos de rosas sobre los nueve escalones, los cuales tenían que bajar para llegar hasta donde estaba el altar para el rito.

Low tomó a Emma de la mano y la llevó hasta el altar, en donde estaba un trono tallado en la piedra, y adornado con piedras preciosas, mientras que Elida y Felipe se quedaron frente al altar, junto con otros personajes extraños que ellos desconocían. Y quienes además parecían muy distintos a cualquier persona; aun así, se mantuvieron firmes ante la importancia de lo que estaba pasando con su hija, pues reconocían en su corazón que todo eso era inevitable. Que lo único que podían hacer era apoyar a su hija en su camino hacia su destino.

Felipe se dio cuenta de la piedra azul que estaba debajo del trono, de la cual empezaba a emanar una luz tenue ultravioleta, la cual lo hacía sentir como si su espíritu quisiera salir del cuerpo.

Elida lo tomaba de la mano fuertemente, y este sentía como el espíritu de ella lo tocaba; pues, inclusive podía ver como se tocaban más allá de los huesos y carne doliente. Trató de poner atención a todo lo que pasaba, por si era el caso de que estuviera teniendo una visión o un sueño respecto a la situación. Por lo peculiar de lo que sucedía, lo hacía pensar que no era real, a pesar de haber tenido las suficientes experiencias como para saber la diferencia.

Detrás del altar, el cual tenía una pared de cuarzo rosado, salieron cuatro personas. El imam más alto de la fe y el amor, al lado del heredero del linaje del pueblo de Dios, a la derecha del altar.

Un caballero real, y quien portaba una cadena de plata con una cruz de oro en su cuello, salió por el mismo lado, junto con una mujer vestida de un manto blanco, el cual iluminaba una luz dorada alrededor, con una corona tan brillante sobre su cabeza, que casi no se le podía ver el rostro. Al menos que pusieras la suficiente atención, y la vista se ajustara a la intensidad de luz que aquella mujer irradiaba.

Se pararon al lado del altar, y alzaron sus manos al cielo pronunciando algunas palabras en un lenguaje que ni Felipe ni Elida sabían, ni habían escuchado jamás. Entonces, todos al mismo tiempo dijeron: «Alabe Emma, para que tu intención del amor y la justicia se liberen en tu despertar». Felipe y Elida no soltaban el eslabón que unía sus espíritus, y sentían como flotaban en el aire, porque la luz ultravioleta los sostenía.

Podían ver sus cuerpos debajo de ellos, al igual que el de los demás, a excepción de Emma, quien brillaba sentada en el trono en cuerpo y espíritu al mismo tiempo.

De pronto todos volvieron de nuevo a sus cuerpos, en el momento en que la mujer vestida de la luz intentaba hablarle a Emma al oído.

El caballero real se apresuró hasta donde estaba la mujer de la luz y le insistió que no era el momento adecuado para los hombres el saber esa parte de la verdad. Que considerara el plan y la visión del maestro, antes de dejar a los hombres encargarse de esa parte.

El heredero del linaje del pueblo de Dios aconsejó que las señales no se habían dado aún, por lo que se debería respetar la ley en todo momento, para no caer en alguna falta que estropeara lo designado desde lo alto.

Mientras todos guardaban silencio por lo que pasaba, se escuchó la voz dulce e inocente de Emma decir: «Cordura y razón». Con esa voz característica de los bebés como cuando están aprendiendo a hablar y no pronuncian algunas letras de las palabras, pero lo suficiente como para que todos entendieran perfectamente la intención.

El Imam se les acercó cordialmente para ofrecer su ayuda, diciéndoles que la ley del espíritu avalaba a los hombres; pues, eran estos espíritus también. Les pidió amablemente que, como hermanos de la creación se consideraran unos a otros, y que de igual manera consideraran al hombre también.

—No debe existir división en el propósito —dijo el Imam— ni resistencia a la ley del creador.

Un anciano salió de la pared de cuarzo rosado llevando una lanza en su mano, la cual usaba como bastón para sostenerse al caminar.

Los cuatro se le postraron a su paso en señal de respeto por su jerarquía. Se paró frente a Emma y le apuntó con la lanza justo sobre su frente, en el momento en que la piedra azul irradiaba más intensamente la luz ultravioleta. «El plan sigue vigente, y la intención también». Dijo el anciano, mientras miraba a los cuatro postrados al lado derecho del altar.

Dio la media vuelta y se le quedó mirando a Felipe fijamente a los ojos, en el momento en que le apuntó con la lanza justo a su corazón, y le dijo:

—Tu parte será, en tus manos estará.

El anciano se marchó de la misma manera en que llegó por la pared de cuarzo rosado, luego los cuatro se pusieron de pie, y cada uno se le acercó a *Luz de Luna* para susurrarle algo al oído. La mujer de la luz le dio un bastón tallado de una rama de olivo, con un cristal en la punta, para que dirigiera la luz de la cordura a los hombres, y el brillo del entendimiento para lograr reconocerse a sí mismos. El caballero real le dio una cadena de plata con un talismán de oro, el cual tenía tallado los signos sagrados. Para que en el momento indicado pudiera reclamar su derecho en el mundo, para reinar con la verdad del amor y la justicia. El heredero del linaje del pueblo de Dios y más alto rabí, se le acercó y ungió aceite de olivo en la cabeza de Emma, y le dio una pequeña planta de Esmirna en un recipiente de cristal, para que la protegiera de no ser envenenada por la vanidad o la avaricia del mundo material.

El Imam más alto de la fe y el amor, se le acercó ofreciendo su humilde servicio de guía espiritual, aconsejándole a Emma

105

sobre los malentendidos con que posiblemente se toparía en su camino, los cuales son los mismos que todos tenemos en la vida carnal.

Le dijo que todo ser humano tenía el derecho de saber la verdad del amor universal. De ese mantra que vibra en la melodía del amor, que crea al mismo tiempo todo lo que es y lo que no es.

El Imam hizo una reverencia de humildad ante Emma, se le acercó sacando de su turbante el papiro de la ley, el cual dio a Emma para que fuera prudente al momento de considerar sus propias ideas; pues, le advirtió que la confusión la asaltaría en un determinado momento, al igual que la soberbia o el miedo, pero que debería ser prudente. Sobre todo, en las decisiones que llegara a tomar, para que no fuera a malentenderse a sí misma en el momento de creer que hace lo correcto.

El Imam juró ayudarla a retomar el liderato de la cordura y la paz en el mundo, con hermandad solidaria, sin distinciones de credos o fanatismos confusos, trabajados por la ignorancia de las intenciones.

También le dio tres dátiles color miel, los cuales parecían que brillaban por sí solos, para que resistiera su cuerpo hasta el último momento de la batalla, la cual sería el principio de su victoria.

Elida y Felipe estaban sorprendidos de como estos personajes le hablaban a Emma, como si ella fuera una persona mayor quien entendía todos aquellos detalles sublimes.

Pero cada uno de ellos entendía dentro de su ser, que *Luz de Luna* comprendía con su espíritu todo lo que le decían, al momento de verla aprobar con la cabeza lo que los cuatro le ofrecían con sus consejos, y de escucharla hablar coherentemente con los cuatro sobre algunos detalles de sus consejos.

El Imam llamó a Felipe para que se acercara hasta el altar, por lo que Elida le soltó la mano para que este fuera a donde lo llamaban. Felipe se paró frente al Imam, y le dijo, «Dime, ¿para qué te sirve mi humilde presencia?»

—El libro y la llave, Felipe —le contestó el Imam, y le extendió la mano, por lo que Felipe no tuvo ninguna duda y lo sacó del morral para entregárselo.

El Imam mostró el libro a la mujer de la luz, quien le puso la mano encima y el libro se abrió en la página indicada; luego el Imam se lo entregó a Felipe para que lo leyera. Felipe tomó el libro un poco inseguro de poder leer lo que decía, porque no sabía en que lenguaje estaba escrito. «Todo espíritu reconoce su lenguaje». Le dijo el Imam.

La piedra azul irradió con más intensidad la luz ultravioleta, en el momento en que Felipe empezó a recitar las palabras del libro.

El mensaje fue a nivel espiritual, pues todos los presentes se transformaron con la luz ultravioleta en espíritus, dejando sus cuerpos físicos al lado de ellos, para escuchar las palabras que sellaban el convenio entre el cielo y la tierra.

La mujer de la luz llamó a Elida para que se acercara también. Elida fue en seguida hasta estar enfrente de ella, le extendió la mano y la mujer de la luz le respondió el saludo. Elida se dio cuenta de que estaba en el espíritu, pues había dejado su cuerpo atrás en el momento en que había sido llamada. La mujer de la luz tocó el pecho de Elida, y una luz blanca salió iluminando todo el lugar. «El acuerdo está hecho, la verdad vendrá. Ahora ya podrás hacer tu parte en el plan», le dijo la mujer de la luz a Elida, por lo que Elida se regresó a su lugar con un gran sentimiento de felicidad.

Felipe tomó el libro y se regresó a su lugar al lado de Elida, en el momento en que los cuatro personajes se marchaban a través de la pared de cuarzo rosado.

_jema_sid

Capítulo 6

La corona de la justicia

Tomados de la mano, Elida y Felipe abrieron los ojos pudiendo ver que el altar había desaparecido, junto con todo lo demás que estaba dentro de la cueva, quedando solo la piedra donde estaba Emma recostada durmiendo, y algunas cosas que Low tenía para los ritos. Ellos estaban en el suelo sentados, y sosteniendo cada uno un tazón con un brebaje que Low les había dado. «Todo es real, pero no de este mundo, amigo». Le dijo Low a Felipe, en el momento en que Felipe volteó a verlo parado al lado de la piedra donde Emma estaba acostada.

—Vous pou vez l'emmener au lit, madame —. Le dijo Low a Elida.

Elida estaba un poco confundida por ver que en la gruta solo estaban ellos. No se explicaba lo que había pasado. Aunque sospechaba de lo que se trataba, no se atrevió a decir una sola palabra. Sabía que todo era posible, por lo que no dudó de la simbología de todo eso, ni de la responsabilidad que representaba para ella o para su amada hija.

Tomó a Emma y la llevó en seguida a un pequeño cuarto que estaba afuera de la pequeña gruta, en donde ya tenían preparado un lugar para que la acostaran. Dos ayudantes de Low la acomodaron en la cama junto con Elida para que descansara un poco, pues ya casi amanecía.

Felipe se había quedado hablando con Low por un rato más, porque Low se lo había pedido.

Le dijo a Felipe que era necesario una nueva lección en su vida para que continuara con su camino; además, le dijo que ya tenía todo resuelto para que al amanecer partieran para

Palacios, en donde abordarían el barco del capitán J. Cousteau. Para luego navegar por la costa del golfo hasta llegar a Marsh Island.

En cuanto salió el sol, Low les ofreció algo de comer, además de decirles que deberían salir lo más pronto posible, porque el barco partiría en un par de horas. Que el capitán ya estaba enterado y de acuerdo para llevarlos, por lo que no había tiempo que perder.

Low le dio a Felipe un recado en un papiro para que lo entregara a la persona que le había indicado, en el momento que le fuera preciso. Y le insistió que no temiera de lo que el destino le tenía preparado, aquello que no lograba precisar en sus visiones ni en sus sueños. Felipe tomó el papiro y lo metió en el morral en donde guardaba el libro, le dio las gracias a Low por lo que había hecho por ellos, y prometió su amistad a pesar de la distancia. «Gracias, noche». Le dijo Felipe, al momento en que dejaban atrás el pueblo.

Low Burnett, quien tenía unos treinta y tres años, conocía a mucha gente de distintas nacionalidades, por el trabajo que hacía de mercadear con objetos raros y pociones mágicas, y quien además era muy buen amigo del capitán Cousteau.

En Palacios Low le dio un gran abraso al capitán al momento de abordar el barco, por lo que el capitán le respondió con el mismo ímpetu de alegría, por poder volver a verse después de algunos años. Los presentó con el capitán Cousteau, quien se mostró decente al recibirlos.

Después de ponerse de acuerdo en lo más básico, Low y el capitán alardearon un poco en la cubierta del barco, mientras el contramaestre y dos estudiantes de biología ayudaron a Elida y a Emma con las cosas que traían, para llevarlos a un camarote que habían acondicionado especialmente para ellos. Felipe se fue con el contramaestre para que le indicara en que podría ser útil, porque no permitiría que le dijera que no podría hacer nada. El contramaestre lo miró muy serenamente por algunos segundos, y le dijo que no era permitido fanfarronear en el barco, ni tampoco se permitía a los mentirosos, ni mucho menos a los ladrones. Que mejor dejara de estar hablando, pues debería de estar ayudando en ese momento a los dos jóvenes que intentaban acomodar algunas cajas en la cubierta.

Felipe aprobó lo que el contramaestre había dicho, yéndose enseguida para ayudar a aquellos jóvenes intrépidos en lo que fuera necesario. Ellos lo recibieron con simpatía y contentos de poder contar con su ayuda.

Se dio a la tarea de acomodar todo para que pudieran partir lo más rápido posible. Creyendo fielmente como siempre que cualquier cosa que hiciera podría influir positivamente.

El sentido común lo animó a integrarse en la tarea de soltar amarras para dejar el puerto, y alistarse para navegar por algunas horas, hasta llegar al punto en donde el capitán tenía predestinado detenerse para llevar a cabo una exploración submarina. Eso fue lo que los dos jóvenes que ayudaba le dijeron que pasaría, lo cual duraría tal vez hasta el amanecer del siguiente día, si es que lograban obtener la información necesaria para cumplir en el tiempo indicado el plan estimado en la bitácora del capitán.

Felipe disfrutó de las horas siguientes de navegación aprendiendo todo lo que los jóvenes le platicaban de la flora y fauna que existía en el mar, de las aventuras interminables al lado del capitán Cousteau, explorando nuevos lugares cada vez para conocer la belleza de nuestro planeta.

Felipe les contó lo que había aprendido sobre algunas especies que vivían en el mar, gracias a unas revistas de la *Sociedad Geográfica Nacional* que había encontrado en la basura; además, les contó de algunas experiencias que había tenido como recolector cuando vivía en el basurero.

Los Jóvenes estaban asombrados al escuchar a Felipe hablar sobre algunas plantas que crecían por ese lugar del golfo, las cuales estaban relacionadas con la leyenda de la fuente de la eterna juventud. Ellos eran hombres de métodos científicos, no de leyendas o mitos, pero, aun así, les impresionó el conocimiento que Felipe tenía de dichas plantas; de los detalles sobre su composición química, morfología y de la región en donde crecían.

Uno de los jóvenes biólogos, al entrar en confianza con Felipe, dijo que las locuras del capitán sobre algunas leyendas eran las verdaderas razones por las que había formado su expedición, pero que era necesario una incursión de investigación para encubrir su plan.

Felipe no le dio demasiada importancia, por la manera en que aquel joven había dicho eso, pues solo estaba siendo algo irónico, bromeando con los gustos personales del capitán.

Le comentó que el capitán estaría interesado en escuchar sobre ese cuento de la fuente de la juventud y sus plantas misteriosas.

Los dos jóvenes se rieron al mismo tiempo sin ninguna malicia, pero sosteniendo la ética respecto a sus métodos, sin aceptar si quiera considerar el tema.

Felipe se dio cuenta de que los jóvenes eran algo inflexibles en sus ideas y conceptos, entendiendo que la rigidez de los métodos los había limitado a respuestas concretas, a conceptos e ideas que otros hombres razonaron antes que ellos.

No les insistió más sobre las plantas, pero sí sobre la simpatía y la disposición a aprender algo nuevo.

Se despidió de ellos diciendo que tenía algo que preguntarle al capitán sobre el viaje, por lo que los dos jóvenes rieron un poco pensando que Felipe iría a contarle al capitán sobre su fábula. Él no le dio mucha importancia a la incredulidad de aquellos jóvenes científicos, y de inmediato se fue para intentar hablar con el capitán.

En la cabina estaba el capitán y el contramaestre observando un mapa encima del escritorio, en el momento en que Felipe tocaba a la puerta tres veces. El contramaestre abrió la puerta diciendo muy enérgicamente que había pedido que nadie los molestara, que le dijera de inmediato qué se le ofrecía. Felipe le pidió hablar con el capitán por un minuto para preguntarle algunas cosas, sobre todo, el tiempo de duración del viaje y del costo por llevarlos. El capitán escuchó lo que Felipe decía, por lo que pidió al contramaestre que le permitiera entrar.

Felipe se presentó de nuevo con el capitán, luego le hizo la misma pregunta sobre el costo del viaje y los alimentos para su familia. El capitán lo miró fijamente a los ojos por algunos segundos, para luego decirle que no le costaría ningún céntimo, porque su gran amigo Low ya le había pagado con un sinfín de favores, y que lo hacía por la gran amistad que tenían. Felipe le agradeció la nobleza, y ofreció su servicio en lo que fuera posible, para no ser una carga en vano, insistiéndole que lo ayudaría en lo que quisiera.

Felipe miró el mapa que estaba encima del escritorio por un par de segundos antes de que el capitán lo jalara y lo enrollara rápidamente para que no mirara de qué se trataba.

El capitán se dio cuenta de que Felipe se había quedado con la mirada perdida en algún recuerdo del pasado, intuyendo al instante de que Felipe tenía algo de información relacionada con ese mapa.

El contramaestre caminó hacia Felipe para tocar su hombro y sacudirlo un poco para que reaccionara, pero el capitán le extendió la mano para que se detuviera.

Felipe recordó aquellas tardes de su niñez cuando su padre solía mostrarle las cosas que guardaba en su viejo baúl, y recordó que entre aquellas reliquias existía un mapa que estaba escondido en la tapa del baúl, muy parecido al que el capitán tenía en su poder.

El capitán al ver que Felipe cobraba algo de lucidez, le preguntó que si él había visto algún mapa parecido en su vida, que cualquier pista le sería de gran ayuda.

Felipe le dijo que, su viaje se desperdiciaría en vano, si es que antes no hacía lo correcto con las plantas y la corona de la justicia. El capitán se quedó asustado escuchando lo que Felipe decía, pues sabía de lo que hablaba, y sabía que casi nadie en el mundo tenía razón de tales cosas; por lo cual, pidió al contramaestre que saliera inmediatamente, que cerrara la puerta y se quedara afuera para que no permitiera por ningún motivo que alguien los interrumpiera.

El capitán le explicó que cada uno de los ocho mapas que se habían encontrado, contenían solo pistas sobre aquella isla misteriosa; tan solo algunos indicios sobre a donde ir para no encontrar lo que se buscaba.

Felipe le contestó muy sereno explicándole la razón del porqué lo habían hecho de esa manera nuestros antepasados, precisamente para que nadie nunca pudiera saber sobre esas cosas; pues, los hombres se corrompen muy sutilmente por las comodidades que les brinda el poder.

Le insistió que los hombres no estaban preparados para saber ese tipo de verdades. Que no era necesario buscar nada en ningún lugar, porque ningún lugar te dará lo que ya posees.

El capitán le rogaba que le dijera más sobre el mapa, porque ese mapa era la prueba de la existencia de objetos hechos por los que vivieron antes del diluvio. Que era muy importante para la humanidad saber lo que ellos hicieron mal; y de esa manera, nosotros lo intentaríamos mejor esta vez.

Felipe se mostró algo inseguro de mostrarle la manera de leer el mapa para poder llegar hasta aquella isla misteriosa. Tampoco estaba seguro si el capitán era alguien en quien confiar, aunque presentía que no corría riesgo alguno. Después de pensarlo muy bien por algunos segundos, decidió compartirle algunas cosas que le pudieran servir en su propio camino y entendimiento.

El capitán J. Cousteau, jamás se había imaginado que un día conocería a una persona como Felipe, iluminado por el despertar de su ser espiritual, y agraciado con el peso de proteger la verdad.

Se le acercó a Felipe y le hizo una reverencia de respeto, luego muy cordialmente le dijo que estaba muy agradecido por dejarlo escuchar sus palabras, porque se sentía muy realizado el saber los detalles que le había contado acerca de los mapas y su misterio.

Felipe miró que el capitán se complació de lo que le había contado sobre *Las Herramientas del Orden*, y las razones por las cuales no deberían estar al alcance de los hombres.

Al mismo tiempo pensaba que cometía un error al contarle sobre esas cosas, porque lo alentaría más a buscar, en vez de desistir de buscar lo novedoso.

La confusión lo invadió un poco al no saber qué hacer, pues en el momento sintió una sensación extraña en su garganta que le impedía decir cualquier cosa. Así que tomó aquello como una señal para que no le contara más de lo debido. Era demasiado peligroso que supiera de ciertos detalles, y no quería que la vida del capitán corriera peligro al contarle algunas cosas que no debería saber.

De cualquier manera, sabía que el capitán no desistiría en su búsqueda personal, pues era claro que se había convertido en la totalidad de su vida diaria, y no se detendría jamás hasta encontrar los objetos que fascinaban su mente.

Felipe recordó a la mujer de la luz, cuando dijo que todo hombre tenía derecho de conocer su verdad, y reconoció dentro de sí mismo que tal derecho le pertenecía al capitán, de igual manera que a todo ser consciente de la creación; que, por tal, le contaría lo suficiente como para que él mismo decidiera entre lo que debería hacer y en lo que no era correcto persistir.

Felipe le pidió al capitán que se acercara, metió la mano en el morral para tocar el libro, y le dijo, «Shalom».

El capitán se echó de rodillas al ver que una luz blanca se iluminaba en la cabeza de Felipe. Estaba asombrado de lo que veía, a tal grado, que estaba a punto de llorar.

Felipe tocó con su otra mano la frente de J. Cousteau, mientras continuaba tocando el libro dentro de su morral. De pronto, al recordar todo lo bueno y lo malo que había hecho en su vida, el capitán tuvo una visión sobre un lugar que presentía no estaba muy lejos de donde se encontraban en ese momento, sintiendo la tentación de salir corriendo para corregir el curso. Pero al mismo tiempo sintió una melancolía sublime que lo entristecía de gran manera; pues, en sus visiones podía ver a los hombres perfeccionar la técnica de aniquilarse unos a otros, de la manera más rápida y efectiva, con toda esa creatividad que genera su ambición por el poder.

Su corazón le decía que lo que fuera que llegara a encontrar en su aventura por el saber, debería callar para no alimentar el ego que se apoderaba de él en ese momento; porque de igual manera, los hombres ahogados en las olas del ego se verían tentados por el poder que *Las Herramientas del Orden* causan a su poseedor, e intentarían matar a su prójimo por el simple hecho de no concordar en las ideas que rigen su mundo.

Al despertar de su visión, el capitán estaba tirado en el suelo y con los ojos llenos de llanto por la tristeza que sentía al ver la indiferencia que los hombres llegan a tener en sí mismos. Se paró lentamente sin voltear a ver a Felipe, por la vergüenza que sentía al saber que Felipe tenía razón, cuando dijo que los hombres no estaban preparados para enfrentar ciertas cosas de la verdad. Con la pena sobre su rostro le dijo:

—Mon seigneur, je vous demande pardon —le dijo el capitán J. Cousteau—. Mon obligation sera de protéger la vérité uniquement.

Felipe lo miraba fijamente sin decir alguna palabra, solo se preguntaba el propósito que los divinos tenían de todo esto, además presentía que algo se presentaría en su momento para darle la pista necesaria, y saber qué hacer, o a dónde ir.

Le dijo al capitán que lo mejor era hacer lo correcto, pero que, de igual manera, no estaba seguro de saber qué estaba correcto hacer y qué no.

El capitán le dijo que confiaría en él, que tenía el mando de su barco para que lo dirigiera a donde él creyera prudente ir. Felipe le pidió que extendiera el mapa para mostrarle la manera correcta de leerlo. A pesar de que el capitán era un marinero de muchas décadas de experiencia, no se opuso en lo más mínimo, por lo que sacó el mapa en seguida para que Felipe pudiera echarle un vistazo.

Con el compás y la escuadra, Felipe pudo mostrarle al capitán el lugar exacto a dónde deberían dirigirse para que encontrara lo que tanto quería.

Para Felipe sería el momento perfecto para enfrentar el misterio de la corona de la justicia y su poder, lo cual lo ayudaría a diferenciar lo práctico de lo ineficaz; lo razonable de lo irracional, y lo justo de la verdad.

El capitán estaba por iniciar un camino necesario para su espíritu, al descubrir los secretos que su corazón anhelaba, y al sentirse parte de dichos misterios, al haber sido iniciado por Felipe con el don de la visión.

Después de algunos minutos de que Felipe le explicara algunos detalles sobre su obligación como iniciado, el capitán se dirigió en seguida para cambiar el rumbo de navegación hacia aquel misterioso lugar, el cual se suponía no existía, pero que se dirigirían en su búsqueda. No le contó sobre su propósito de cambiar el rumbo al oficial de navegación que se encargaba del timón, porque de seguro les contaría a los demás científicos sobre lo que había decidido hacer, y estos de seguro lo interrogarían exigiéndole la razón por la cual había decidido hacer tal cosa, sin antes consultar con ellos al respecto.

El oficial en el timón desconoció las coordenadas que el capitán le dio, al momento de ordenarle cambiar el rumbo, que lo único que hizo fue voltear a verlo un poco desconcertado, como preguntando qué era lo que pasaba. El capitán ni siquiera lo volteó a ver, tan solo se quedó mirando el horizonte por la ventanilla de la cabina, con una gran sonrisa que casi le partía la cara en dos.

Felipe volvió a su camarote para ver que sus amadas estuvieran bien, porque se había ausentado un par de horas para ir a ayudar a los demás.

Le contó a Elida lo que había pasado con los científicos, cuando les ayudaba a acomodar algunas cajas en la cubierta, y de lo que había pasado con el capitán en su cabina; mientras cargaba a Emma en sus brazos, ya que la pequeña se le había echado encima por la alegría de verlo llegar.

Elida lo miraba atentamente mientras él hablaba sin detenerse sobre lo que le había pasado, pero por dentro sentía una angustia que la molestaba en el vientre, por razones que aún estaba por descubrir. Lo interrumpió dándole un beso en la boca, pues pensó que solo así lograría que dejara de hablar, y además porque lo extrañaba.

Elida le pidió que se quedara con ellas por un rato, que solo las abrazara, que no tenía que decir una sola palabra, solo estar con ellas abrazándolas. «Tan solo mientras el sol se oculte». Le dijo Elida. Felipe comprendió lo que Elida sentía, por lo que las abrazó fuertemente contra su pecho, mientras observaban juntos el atardecer por la ventanilla del camarote.

Para el capitán fue algo difícil convencer a los científicos a bordo del barco, de que el lugar a donde se dirigirían sería muy interesante para sus investigaciones. Que la flora y fauna de esa isla les sería de gran asombro, pues les insistió que él ya había estado en ese lugar cuando era niño.

Les contó que su abuelo los había llevado en una ocasión en su viejo barco holandés, a él y a su hermana menor, hasta ese lugar que había estado sin explorar hasta entonces.

Los biólogos se interesaron un poco, pero temían que fuera una de las locuras que ya le conocían al capitán, por lo que sería una pérdida de tiempo el buscar un lugar del que nadie había escuchado jamás; además, ya se había trasado en las cartas de navegación el rumbo a donde se dirigirían para estudiar la vida marina. Que no sería nada profesional buscar mitos o leyendas, porque correrían el riesgo de perder su reputación ante la sociedad científica.

Al final de su reunión fue que todos aceptaron la decisión del capitán, algo inquietos por no saber el lugar a donde se dirigían, hablando entre ellos algunas cosas en las que no estaban de acuerdo, pero que también esperaban que algo

118

bueno saliera de todo eso. Cada uno se ocupó de sus asuntos para no indagar demasiado sobre las locuras del capitán. Aunque no estuvieran de acuerdo, sabían que no tenían mucho qué hacer ante el entusiasmo que ya le conocían.

Durante los días de viaje, Felipe y Elida aprovecharon en cada ocasión que les fue posible, para mostrarle a Emma lo hermoso del mar, la vida del marinero y las aventuras de los que intentan ser libres; recorriendo el barco de popa a proa para mostrarle las personas que estaban involucradas en la expedición.

Todos adoraban a aquella niña hermosa, quien les regalaba flores de jazmín a cada uno al verlos, y un beso en la mejilla para que les fuera bien en su búsqueda. De acuerdo con las palabras entrecortadas de aquella hermosa princesa.

A los tres días de viaje, el capitán y Felipe vieron una gran esfera color índigo que salía de las aguas profundas del golfo, cuando estaban en la popa del barco hablando sobre las cosas que se deben dejar atrás, al continuar en el camino de los escogidos para proteger la verdad.

Felipe sintió que los pelos se le paraban de punta al ver aquella cosa desconocida salir del agua, porque nunca en su vida había visto alguna cosa parecida, la cual era más grande que una plaza de toros.

Después de maravillarse de lo inusual de aquella cosa que parecía fuera de este mundo, el capitán le contó que en un par de ocasiones le había tocado ver algo similar por esas aguas del golfo, y que estaba seguro de que tenían algo que ver con la corona de la justicia y su poder místico.

Felipe le pidió que tomara en cuenta de que muchas de las cosas son simbólicas, y no se basan en objetos materiales, ya que dichos objetos son solo símbolos del potencial que reside dentro de todo ser consiente. El capitán entendió por experiencia propia a lo que Felipe se refería.

En ese momento Felipe sabía que todo era posible, que la verdad era absoluta e irremediable, sin importar las limitaciones que la percepción de esta realidad crea en los hombres, ni las discrepancias de sus ideas.

La ocasión fue tan efímera, por lo que no alcanzaron a alertar a los demás para que vieran por ellos mismos aquella maravilla, la cual no parecía haber sido inventada por los hombres.

Se quedaron hablando por un buen rato sobre las posibilidades de lo que habían visto, sin poder negar de ninguna manera lo que realmente había pasado.

El capitán le decía a Felipe que comprendía de alguna manera que tenía que callar algunas cosas para no ser juzgado por loco, porque entendía que todos tendrían que experimentarlo por ellos mismos, para entender o creer las maravillas de la creación.

Felipe lo miró con agrado, al darse cuenta de que había escogido bien, al iniciarlo en su propia búsqueda de la verdad. Le puso la mano en el corazón, diciéndole que el deber de cada ser, hombre o mujer era el de ser libre para comprender la razón por la cual existe.

Felipe trataba de razonar lo que el capitán argumentaba, sobre el derecho de saber el propósito que los divinos ponían en nuestras vidas. El capitán decía que algunos poderosos se aprovechaban de la ingenuidad de los mal educados, favoreciendo la codicia que devora sus corazones, con placeres que solo la carne aprovecha, pero al hacerlo sus espíritus perdían la ocasión única del momento.

—Ningún ser terrenal o extranjero, consiente de la vida, debe aprovecharse de los débiles e ignorantes, u oponerse al propósito final de nuestro creador —le dijo Felipe.

—Précisément monseigneur, —contestó el capitán.

En el sexto día llegaron a la isla que se suponía no existía en ningún mapa convencional, y que solo había sido visitada por muy pocos; quienes fueron agraciados con la invitación para que sus cuerpos pudieran andar en esa tierra, la cual estaba llena de todo tipo de frutas y fauna extravagante. Uno de los

120

biólogos fue quien la miró resurgir de entre las aguas del océano, con los primeros rayos del sol detrás de la isla, dándole el color maravilloso de su costa, así como el de su extensión geográfica; la cual se situaba en medio de donde ascendía la corriente oceánica, en donde se formaba una muralla de agua que impedía que fuese vista por cualquier barco que pasara por esa latitud. Fue esa misma corriente la que los atrajo a la isla, gracias a una maniobra que Felipe le mostró al capitán, al momento de llegar al punto donde la corriente emergía, porque era preciso posicionar el barco de una manera para que la misma corriente lo llevara hacia el lado oeste de la isla, en donde estaba el único acceso para entrar.

Todos los que estaban en la proa observaron como chocaban con algo que parecía una ola gigante, pero que tenía una pendiente baja con relación a la altura que se veía a cierta distancia, y un grosor en la superficie de la corriente que emergía, de un par de leguas, y la cual descendía hasta llegar a una corriente más baja que rodeaba a la isla.

El capitán admiró con gran respeto la maniobra que Felipe había hecho, para lograr entrar en la corriente más cercana, la misma que luego los arrastró hasta el muelle de piedra en donde atrancaron.

El muelle de mármol negro parecía haber sido hecho por personas que aparentemente habitaban la isla. Había un pasillo de mármol blanco con incrustaciones de rubíes y esmeraldas, que aparentemente servía para que las personas pudieran movilizarse ordenadamente por todo el muelle.

La puerta de carga del barco quedó justo en un corredor que estaba hecho de un tipo diferente de piedra, tal vez para cargas más pesadas.

El muelle parecía tener capacidad para tres barcos de la misma envergadura que el del capitán J. Cousteau.

Al lado del muelle, hacia el lado este de la isla, había un tipo de mecanismo que aparentemente servía para levantar las cargas a una altura diferente, para luego transportarlas al interior de la isla por un mecanismo de cuerdas, las cuales desde esa distancia parecían de oro.

Todos los científicos a bordo del barco estaban ansiosos por bajar, y poder echar un vistazo a toda esa maravilla que se vislumbraba por todos lados. El asombro se sobrepasaba exageradamente en sus rostros, casi al punto de llorar.

Uno de ellos casi saltaba por la borda, por el éxtasis que sentía al estar en aquel lugar, el cual se suponía que no existía, pero resplandecía ante sus ojos como una gran joya llena de luz sublime, o como un paraíso lleno de ambrosía.

El contramaestre y otros dos miembros de la tripulación impidieron a tiempo que aquel pobre botánico saltara a una muerte segura, porque estaba hechizado por las maravillas que miraba por todos lados.

De pronto entró en una crisis nerviosa, la cual le provocó una gran ansiedad, por lo que empezó a retorcerse llorando desconsoladamente. Les gritaba que por piedad dejaran que se fuera, porque sentía que estaba muerto y que aquel lugar era el paraíso.

El capitán y Felipe bajaron en seguida para asistir a aquel pobre hombre, quien no dejaba de llorar desconsoladamente, insistiendo una y otra vez que lo dejaran saltar al paraíso; y un sinfín más de incoherencias que la razón intentaba en su mente perdida. Felipe se le acercó, lo tomó de la mano y le dijo: «Tu mente debe estar serena, tu corazón limpio y tu espíritu dispuesto a la verdad. Renuncia al anterior y acepta al nuevo». Aquel joven botánico de nombre Carlos Darwin, insistía que nada de eso era lógico o natural, que tal vez lo estaba alucinando o soñando; por lo cual, pidió a uno de sus compañeros de exploración que lo pellizcara para estar seguro de que no era un sueño. El joven entomólogo le respondió que para nada era un sueño, y en seguida ayudó a Felipe a levantar a Carlos, para que viera por segunda vez y con sus propios ojos, aquel paraíso inexplicable en medio del océano. No parecía que lo convencerían de no saltar, porque estaba verdaderamente dispuesto a entregarse a aquel paraíso sublime que lo hechizaba con su luz casi irreal. De igual manera algunos otros estaban sin poder creer lo que no podían negar nunca más, por lo que tuvieron que tragar su orgullo.

A muchos les tomó tiempo aceptar que aquel lugar era real, porque no parecía ser conocido por ninguna ciencia, ni existía ningún registro de exploración por parte de ninguna sociedad.

Después de un buen rato de que el capitán y Felipe trataban de aclarar algunas cosas con la tripulación y los científicos, Elida salió del camarote cargando a Emma en sus brazos. Caminó un poco hacia donde estaban los demás, pero se detuvo, porque en ese momento una brisa extraña revoloteó alrededor de las dos, como si un llamado inexplicable captara su atención, justo hacia donde estaba la puerta lateral de carga del barco.

En el sendero se vislumbró una figura que parecía ser una persona muy alta y delgada, de piel rojiza; con cabello largo más negro que la noche; con un penacho de plumas de quetzal sobre su cabeza.

Felipe volteó a ver a Elida al escucharla hablar con la mirada fija hacia el sendero de desembarque, en donde estaba este ser peculiar de aspecto simple, de una talla similar al mismo ser que había visto en la capilla del padre Joaquín, cuando tuvieron que huir por el túnel que estaba por debajo de la capilla.

Se quedó pensando la razón de por qué él no había escuchado nada, pues el llamado no era para él en esta ocasión, y se sintió un poco extraño el ver que sus amadas eran llamadas por aquel ser.

«El honor es nuestro, Chilam Balam». Murmuraba Elida, con la mirada fija hacia aquel ser.

De pronto, Felipe escuchó dentro de su cabeza una voz imperantemente dulce y convincente, la cual le decía que solo ellas dos podrían bajar del barco, que los que estaban predestinados a recibir lo que el acuerdo de los divinos demandaba, cada cual tendrían su turno en el momento indicado por él; además, que era preciso que nadie bajara sin que se le permitiera hacerlo. Felipe volteó a ver al capitán para intentar decirle lo que había escuchado, pero el capitán le contestó que sabía lo que aquel ser había dicho. Que no se preocupara, que podría ir a acompañar a Elida y a Emma hasta la puerta de descarga lateral del barco, mientras él se quedaba para explicarle a los científicos sobre lo que pasaba.

Felipe se quedó dentro del barco mientras Elida y Emma caminaban hasta donde estaba este ser, quien les hacía una reverencia de respeto en el momento en que ellas se presentaban ante él.

Dos seres se presentaron detrás del maestro espiritual, trayendo con ellos un pequeño baúl, de donde sacaron una corona de color plateado, con piedras preciosas incrustadas dentro de los signos sagrados con que había sido tallada.

El Chilam Balam se la dio a Emma en señal de jerarquía celestial, para que reinara con la justicia de la verdad, y no de la ignorancia con que los hombres tienden a perder la noción de su ser.

Felipe había escuchado todo lo que el maestro le había dicho a Emma, por lo que sintió un gran dolor en su abdomen al pensar que un día podría perderla, al ella misma tener que enfrentar las vicisitudes que la vida con lleva, en las lecciones que se nos dan dadivosamente entre los detalles que comúnmente ignoramos.

Elida guardó la corona dentro del vestido de la pequeña _Luz de Luna_, el cual se iluminó como si fuera un mar de estrellas que lo cubrían, con una luz plateada como la luna por debajo de sus pies, y el sol brillando detrás de ella. Haciendo que Felipe callera de rodillas al suelo, y juntando sus manos contra su pecho, con la certeza de que la perdería un día, cuando ella tuviera que volar con sus propias alas. «Levántate Felipe, pues el maestro no es más grande que su siervo, ni el siervo más grande que él; pues, solo El Creador es digno y justo de admiración. Tu parte vendrá, se prudente». Felipe había escuchado dentro de su cabeza aquello que aquel ser le decía, por lo que se levantó para recibir a Elida y a Emma, porque en ese momento volvían a la bodega de carga del barco.

Notó que Elida lloraba, tal vez por saber al igual que él, que los hijos deben volar por sí solos en algún momento de sus vidas; para que, al igual que ellos mismos, encuentren la razón por la cual existen.

El maestro le pidió a Felipe que se le acercara, por lo que Felipe caminó hacia él, aún con las lágrimas en su rostro por la melancolía que sentía, al presentir el futuro posible de su amada hija. El maestro le pidió que no temiera por la incertidumbre que su razón mortal le provocaba en su espíritu, que debería ser firme en sus convicciones, sobre lo que le correspondía hacer, para lograr el propósito que los divinos habían planeado en él. «El libro, Felipe». Le pidió el maestro.

Felipe lo sacó de su morral y se lo entregó a uno de los seres, quien lo llevó hasta el maestro y se lo entregó en su mano.

El Chilam Balam abrió el libro en una página específica al momento de pasar su otra mano sobre este. Pronunció las palabras sagradas que vibran en la nada, las cuales nos sostiene como vivos en todos los niveles espirituales. Y le dijo que esta reunión se había hecho para dar fe de su parte en la melodía, respecto a lo que los divinos habían confiado en él, que ahora era su turno para enfrentar la razón antes de aventurarse al despertar.

El maestro devolvió el libro a Felipe con su propia mano, en el mismo momento en que lo tocaba en la frente con el dedo índice de la mano izquierda.

Felipe tuvo una visión sobre un mundo en donde existían plantas y minerales llenos de luz, los cuales alimentaban a los seres que vivían en ese lugar. Y quienes además tenían una vida muy longeva, gracias a los alimentos que aquel hermoso paraíso les proporcionaba.

La visión no le mostraba que él estuviera en ese mundo, solo podría verlo desde lejos, en un lugar que se sentía como si estuviera flotando en una roca gigante en el espacio, al lado de otros seres que lo apoyaban en su misión.

Tan pronto como el maestro le quitó el dedo de la frente a Felipe, este volvió en sí, y tomando el libro en seguida para guardarlo en el morral, en el momento que el maestro le decía que la llave estaba en su corazón.

El maestro prometió tres visitas a la isla para todos en el barco, pero que en esta ocasión deberían partir lo más pronto posible, porque no era prudente permanecer mucho tiempo en la isla por ese momento; pues, la insaciable indiferencia de la serpiente está al asecho en todo instante, y les definió que en su momento recibirían la invitación para que pudieran volver. Muchos lloraron, pero Felipe los consoló diciendo que la promesa estaba hecha, por lo que cada uno tendría su parte en el momento indicado para asistir al llamado, que no decayera su espíritu.

Partieron de aquel paraíso con la esperanza de un día poder volver para disfrutar de su ambrosía y su sabiduría espiritual. Todos resignaron la esperanza sobre la promesa, pero cimentaron su fe al haber sido testigos de una parte de la verdad absoluta. Ninguno podría negar nunca más el misterioso y desconocido camino que los divinos usan para guiar a los elegidos, no solo hacia donde deben ir, sino también para lo que deben hacer en determinado momento, para así conocer la verdad sobre la vida.

En unos cuantos días más después de partir de la isla, llegaron a Marsh Island, en donde con la ayuda de un amigo del capitán, en un barco más pequeño fueron llevados Felipe y su familia hasta el pantano amarillo; luego, hasta el río Atchafalaya para continuar su viaje hacia el norte.

Capítulo 7

Fe sin esperanza

Después de navegar por el rio Atchafalaya por algunas horas, llegaron hasta un lugar en donde desembarcaron para pasar la noche.

Una señora los esperaba en el muelle del rio con flores e incensio quemando en tazones de oro. Dos personas más que venían con la señora ayudaron con las maletas para llevarlas a una cabaña que estaba entre el pantano. A pesar de ser unos completos desconocidos, fueron recibidos y tratados con todo cuidado y respeto. De igual manera Elida y Felipe agradecieron de todo corazón el gran detalle de ofrecerles su casa para poder descansar. Evitaron los formalismos excesivos para aprovechar lo más que se pudiera la ocasión para relajarse del viaje, y para que la pequeña Luz de Luna pudiera dormir un poco.

Sin novedad alguna, esa fue una de esas noches raras en las que no tuvieron mucho con que lidiar, por lo que después de algún tiempo durmieron debidamente sin temor.

A la mañana siguiente, la señora de nombre Asia Rothschild, les ofreció de comer algo de cocodrilo asado, mesclado entre plantas mágicas, las cuales crecían en ese lado del pantano. Y algo de té para el estrés que el viaje les pudiera haber causado. Ambos tomaron el té con la convicción de que la señora tenía toda la razón al indagar sobre la tensión que estaba casi matándolos. Era evidente que lo necesitaban, porque ambos rompieron la pena para pedirle un poco más de ese delicioso té casi mágico.

Elida no comía carne por ser vegetariana, pero Felipe y Emma comieron un poco de la carne del cocodrilo por el hambre que traían; además, porque el olor que le daban las plantas era casi irresistible al paladar humano.

La señora Asia le ofreció a Elida en un tazón plateado algunas frutas que parecían brillar por sí solas, además de una copa con vino que irradiaba una luz violeta muy tenue.

Ya nada era extraño para ninguno, en especial para la pequeña Emma, quien crecía experimentando todo aquello que pasaba en el camino de sus padres, quienes intentaban mostrarle lo más que podían en la vida, para que aprendiera todo aquello como algo íntimo y natural. «La nota, Felipe». Le dijo la señora Rothschild.

Felipe estaba convencido de que ella era la persona indicada, por la sensación que sentía en su pecho en el momento en que la señora Asia le extendía la mano para que se la entregara. Felipe la sacó del morral y se la entregó a la señora, pensando que tendría algo que ver con lo que se debería hacer para ayudarlos a continuar su camino.

Se quedaron en el pantano por algunos días, hasta el momento indicado para que la luna se apareciera por las coordenadas correctas en el horizonte, para llevar a cabo el rito necesario para que pudieran continuar seguros hacia el próximo lugar, en donde tendrían que lidiar con lo que la divina providencia tenía planeado para ellos desde las más altas esferas de evolución espiritual.

En señal de agradecimiento por alojarlos en su cabaña, Felipe ayudaba a el hijo mayor de la señora Asia en el jardín que tenían alrededor de la cabaña, el cual servía de barrera para evitar que ningún animal extraño o mal espíritu pudiera entrar e intentar hacerles daño.

El joven se presentó a Felipe después de que este saliera de la cabaña para echar un vistazo a los alrededores.

A Felipe le llamó la atención la disposición del jardín y las plantas que crecían en esa tierra fértil y casi mágica, en donde había algunas de las mismas especies de plantas que su padre había sembrado en el jardín del jacal en donde vivían, las cuales su madre le enseñó a cuidar y a cosechar sus frutos. Eso le provocó una sonrisa melancólica al recordar aquellas tardes eternas en las que se jactaba aprendiendo de los consejos de su madre. Pudo sentir su presencia en las mariposas que volaban alrededor, en la suave y sutil manera del viento al tocar su piel, y la magia sublime de la escena. Estuvo a punto de soltar una lágrima al casi oler su aroma, el cual se ocultaba entre el de las flores.

Un sendero de musgo se iluminó un poco por la luz del sol que salía de entre las nubes, haciendo que Felipe sintiera la confianza para caminar hacia donde el sendero lo llevara, por el llamado que sentía en su corazón, sugiriéndole a ir hacia aquel lugar; el cual encontró no muy lejos de la cabaña en un pequeño claro lleno de flores que se abría entre el pantano.

—Nor Rood —le dijo el joven.

—Felipe —le contestó él.

Platicaron por un buen rato mientras trabajaban con las flores, las cuales crecían únicamente en ese pequeño páramo del pantano, y moviendo la tierra y reubicando algunas plantas en distintos puntos para que protegieran las flores de las plagas de insectos voraces.

Felipe le dijo que debería volver a la cabaña para traer a su hija y a su esposa para que lo conocieran, pero Nor le dijo que no se preocupara, que en su momento iría a visitarlos, porque tenía algo de trabajo que hacer con las flores antes de poder volver a casa. Felipe le contestó que estaba bien, pero que, si necesitaba de su ayuda no dudara en hacérselo saber.

Al regresar a la cabaña, Elida y Emma estaban en el jardín junto con la señora Asia disfrutando de la paz que aquel lugar les hacía sentir, pues se sentía como si el tiempo no pasara.

A Felipe le llamó la atención tal cosa, que al entenderlo insistió a la señora Asia para que los ayudara a partir lo más pronto posible, porque sentía que si se descuidaban se quedarían en ese lugar para siempre. Ella le respondió que el tiempo estaba cerca, que la noche del día indicado había llegado con el sol de esa mañana, que se preparara para salir el día siguiente a la ceremonia de los búhos.

Cerca del claro donde crecían las flores, había un altar que se asemejaba a un búho gigante de piedra, en donde estaban treinta y tres encapuchados pronunciando un credo ancestral para controlar las fuerzas de la naturaleza. Todos guardaron silencio en el momento en que ellos llegaron al lugar, gracias a que la señora Asia levantó su bastón y pronunció algunas palabras en ese lenguaje que a Felipe ya le era muy familiar.

Ni a Elida, ni a Felipe se les permitió llegar hasta el altar, solo la niña debía aproximarse a una pequeña piedra rectangular que estaba a los pies del gran búho, en la cual Emma se sentó por si sola y con una gran sonrisa en su rostro.

Todos los presentes se arrodillaron ante ella en el momento en que la pequeña *Luz de Luna* levantaba su mano derecha apuntando hacia el cielo.

El gran maestre salió detrás del búho con un cristal que no reflejaba la luz, ni la imagen de lo que estuviera alrededor; caminó lentamente hacia Emma y se lo entregó. En ese momento, el cristal brilló con una gran intensidad hasta que la luz se volvió oscura como la nada, luego todo se iluminó como si estuviera amaneciendo y los primeros rayos del sol les dieran color a las cosas. «La justicia debe prevalecer no solo con los mortales». Le dijo el gran maestre a la pequeña *Luz de Luna*. La niña lo miró con gran ternura y levantó su mano derecha para tocar la frente del gran maestre, quien se inclinó para que la pequeña Emma lo pudiera tocar. El gran maestre se acercó a ella lo suficiente como para que Emma le susurrara algo al oído, luego se fue de la misma manera de cómo había llegado.

La señora Asia y su hijo Nor, acompañaron a Emma desde el altar, hasta donde estaban Elida y Felipe tomados de la mano, esperando a que su hija volviera de sus obligaciones como un ser independiente.

Al caminar de regreso a la cabaña, se toparon con la vereda que conducía al pequeño páramo de flores en donde Felipe había conocido a Nor Rood. Y por sugerencia de la señora Asia, tomaron la vereda para dirigirse hacia aquel lugar, en donde la luz de la luna bañaba las flores con su mágico resplandor. De pronto el cristal empezó a brillar dentro del morral de Felipe, porque lo había guardado ahí en el momento de tomar a Emma en sus brazos, para salir de aquel lugar en donde se encontraba el búho de piedra. Los signos sagrados del libro se iluminaban con un dorado intenso que se podía ver a través del morral de Felipe.

Una luz intensa que bajaba de la luna levitó la corona que estaba entre el vestido de Emma, hasta que se posicionó encima de las flores y ascendió hasta desaparecer con la luz de la luna.

Felipe pensaba en el llamado de justicia que sentía provenía de aquel lugar misterioso, el cual acompañaba a este planeta en su baile harmonioso de complicidad implícita.

Sintió que todo eso era una señal del destino, para que empezara a reconocer la importancia que tenía su misión en esta vida carnal.

Elida tenía a Emma de la mano, mientras Felipe estaba a unos cuantos pasos enfrente de ellas mirando la luna angustiadamente, por no saber cómo hacer para asistir al llamado que su espíritu sentía. Tomó a su hija y la abrazó junto con su amada Elida, en el momento en que la señora Asia le decía que el galardón de la justicia se ejecutará por aquellos que han comprendido la verdad del amor universal.

Sea mortal o divino, la obligación de cada ser es el de la justicia y el amor. Ambos aceptaron humildemente el consejo que aquella mujer santa les dio, y prometieron hacer dignamente hasta donde sus fuerzas y posibilidades les permitieran. Sin duda tuvieron mucho que platicar esa noche, la cual no desaprovecharon para planear debidamente el siguiente paso.

A las seis quince de la mañana partieron para navegar hacia el norte en el rio Atchafalaya, con un poco más de temores que los de costumbre, pero con la ilusión de que algún día finalmente tendrían un lugar en donde descansar pacíficamente. Por ahora, solo les tocaba continuar su camino.

Llegaron al rio rojo sin ningún contratiempo, y atrancaron en el área de tres ríos por un día antes de continuar hacia el norte por el Mississippi.

Se alojaron en una pequeña cabaña que estaba al lado del rio, en la cual pasarían la noche para luego continuar su viaje por la mañana.

Después de haberse asegurado de que sus amadas comieran algo, y de que estarían cómodas, Felipe salió un rato para poder ver las estrellas.

Al intentar descubrir el misterio de la noche, Felipe escuchó la voz triste de una mujer, la cual le angustió un poco por el dolor que denotaban sus súplicas. Reconoció de inmediato el idioma que aquella mujer hablaba en medio de la noche, el cual era el mismo que el de su tierra. La llamó preguntándole qué era lo que le pasaba, pero no recibió ninguna respuesta, solo escuchaba los quejidos y lamentos de aquella mujer, clamando por piedad que los dejara ir.

El quejido doloroso con que aquella mujer intentaba buscar ayuda en la oscuridad de la nada, era intrigante para Felipe, quien de inmediato se puso atento para fijarse bien de dónde venían los quejidos. Se internó sin temor dentro del bosque guiado por el llanto angustiante de aquel inocente ser, a pesar de no poder ver más allá de sus narices.

No muy lejos del rio había una galera en donde los campesinos metían los animales por la noche, y guardaban maquinaria para trabajar en el campo, a la cual Felipe llegó al seguir los quejidos de aquella pobre mujer, quien no dejaba de suplicar por piedad que los dejara ir.

Al llegar a un lado de la galera, miró por un orificio a través de la pared vieja y casi a punto de caer, que un hombre alto de apariencia robusta y salvaje golpeaba a una mujer atada a un pedazo de madera que estaba tirado en el suelo. Un hombre de edad mediana estaba atado a un poste con la boca tapada y con señales de haber sido golpeado; pues, uno de sus ojos se había cerrado por completo por el hematoma que los golpes le habían causado.

Felipe se dio cuenta de que aquel salvaje tenía un rifle cerca de él, además de un cuchillo enorme en su cintura. No podría competir contra eso. Sentía que si aquel hombre lo descubría lo mataría sin dudarlo.

Sentía que el corazón se le salía por el dolor que le provocaba ver tanta injusticia y maldad, aunque sabía que esa era la naturaleza mezquina de los hombres engañados e ignorantes. Al mismo tiempo se sintió impotente ante la imponencia y el poder de aquella criatura irracional quien sometía a los inocentes a su feroz sadismo vergonzoso. Sintió un gran temor porque la situación no estaba en sus manos, por no tener la capacidad para salvarlos de aquel abusador, quien se aprovechaba de sus vidas para saciar su sed de lujuria y odio racial.

Pensó en su familia descansando en la cabaña al lado del río, y lo importante que era para ellos, pues no podía dejarlos solos en ese lugar extraño y desconocido. Que por ningún motivo podría arriesgar la vida para salvar a aquellas personas de su desgracia. Y pensó que si eso era la voluntad del creador, no tenía nada que hacer al respecto.

Se dio la media vuelta para volver a la cabaña, pero en ese momento tuvo una visión de él mismo clamando por piedad, en un lugar aterrador que le provocaba un dolor insoportable por todo el cuerpo, el cual miraba que tenía casi destrozado.

La visión se fue al escuchar de nuevo las súplicas de aquella pobre mujer, por lo que se levantó de inmediato de donde había caído al momento de tener la visión, para darse la vuelta mirando fijamente hacia la galera.

Por esa fuerza mística que nos mantiene firmes en el camino, tomó la valentía que en su corazón nacía para enfrentar a la adversidad sin temor a perder la vida. Se quedó mirando aquella injusticia entre las tablas desclavadas de las paredes, gracias a la luz de la lámpara de aceite que aquel hombre había colgado en un poste, el cual tenía algunos signos misteriosos marcados por todos lados, lo cual le recordó a Felipe su camino, y la obligación que tenía respecto a la justicia divina, así como al amor y la misericordia.

Convencido de que no estaba solo en su intención de ayudar sin importar el riesgo de perder su vida, se dirigió a la galera pensando que la fuerza de la justicia lo ayudaría a enfrentar al malvado, con los argumentos necesarios para hacerlo entender el error, en el cual estaba perdiendo su oportunidad de conocer la misericordia.

Caminó decidido y sin dudar quién era y lo que era capaz de hacer, además de sentir la fuerza divina en sus intenciones.

Al llegar a la puerta, Felipe extendió la mano para abrirla, pero esta se abrió por si sola antes de que la tocara, por un viento preciso y casi vivo, el cual la azotó fuertemente haciendo retumbar todo el lugar.

—¡Suficiente! —le gritó Felipe— ¡Détente de tu ignorancia infeliz cretino!

Aquel hombre de ojos más azules que el cielo del campo, se dio la media vuelta al sentir el viento entrar fuertemente en el momento en que Felipe le gritaba que se detuviera, tomando su arma rápidamente para apuntarle a Felipe a la cabeza.

Felipe lo miró a los ojos firmemente sin temor alguno de perder su vida, y convencido de que la justicia triunfaría al final de todos los malentendidos, luego le insistió que desistiera de su iniquidad, y se arrepintiera de sus faltas de respeto para con los que creía débiles y desamparados.

Ese fue uno de esos momentos en los que se arrepentía el no haber traído el medallón y el pectoral con él, pues sabía que ningún inicuo competiría contra eso.

De cualquier manera, metió la mano en su morral para tocar el libro, el cual le dio la fuerza necesaria para continuar sin

134

temor. Confió que los divinos sabrían qué hacer para protegerlos de la ignorancia con que aquel infeliz era engañado.

Cuando era obvio que aquel inicuo ignorante no desistiría de su necedad, por desperdiciar su momento para aprender cosas mejores para el espíritu, la luz de la lámpara de aceite se intensificó de gran manera, llamando la atención del abusador, quien volteó a ver en seguida por lo extraño que le parecía aquella luz; además, la luz parecía jalarle el rifle al igual que su espíritu fuera del cuerpo.

Lo que espantó de gran manera a aquel infeliz engañado, fue sentir como la luz traía a su mente todas las fechorías que hizo cuando era niño, todas esas cosas que había aprendido de sus padres y que mantuvo hasta que se convirtieron en su forma de vivir. Era juzgado por su propia conciencia, cómo escapar a eso.

Aprovechándose de la epifanía quemante de aquel abusador e ignorante, Felipe corrió para tomar el vestido de la señora para tapar sus partes íntimas mientras la desamarraba del tablón tirado en el suelo. Luego desató a aquel pobre hombre mal herido para poder darle un poco de vino que traía en su cantinflora, creyendo que con eso por lo menos lo mantendría con vida.

Intentando mantener el temor a raya, se apresuraba lo más que podía para ayudarles, pero sin dejar de vigilar de reojo a aquel mal creado por el orgullo.

Al voltear a ver a aquel hombre ignorante y abusador de inocentes, Felipe pudo ver que estaba de rodillas mirando fijamente a la lámpara de aceite, mientras que el rifle había quedado tirado en el suelo. Aunque pasó por su mente el tomarlo y terminar con la vida de aquel altanero mal creado, Felipe prefirió salvar vidas en vez de quitarlas, al recordar que esa era precisamente parte de su misión en esta vida.

Se concentró únicamente en encontrar la manera de salir de aquel miserable lugar. «Gracias, hermano». Eso fue lo único que aquel pobre hombre mal herido pudo decirle a Felipe, antes de perder la conciencia a causa de sus heridas. La señora sacó fuerzas de donde ella no sabía que tenía, y junto con Felipe lo levantaron para salir huyendo de aquel lugar.

Digamos que se guió únicamente con su corazón porque estaba tan oscuro que no se podía ver más allá de las narices. Cuando llegaron a la cabaña, Elida estaba en la puerta mirando hacia el bosque esperando a que Felipe regresara, preocupada por la sensación que sentía en su vientre, la cual le advertía que algo no estaba bien.

Corrió para ayudarles en el momento en que la luz de la lámpara de aceite, la cual colgaba en un poste afuera de la cabaña, los iluminó lo suficiente como para poder verlos en la oscuridad de la noche.

Entraron a la cabaña de inmediato, pero para su miserable suerte el dueño del barco no se encontraba por ahí para que los ayudara a salir de ese lugar, porque la vida de todos correría peligro si se quedaban por más tiempo. Eso provocó la angustia de la señora, quien no dejaba de insistir que deberían de partir lo más pronto posible. Elida intentó calmarla un poco mientras miraba a Felipe lidiar con aquel pobre hombre mal herido.

Felipe se dio cuenta de la angustia de la señora, quien tenía toda la razón al decir que tal vez aquel hombre miserable los perseguiría para matarlos. No podía por ningún motivo poner en riesgo la vida de su familia.

Después de asegurarse de que estaban un poco mejor, ya que su condición era desgarradora y triste, Elida y Felipe hablaron sobre lo que podrían hacer para tratar de salvar las vidas de estas pobres personas, tomando en cuenta la carga que significaba lo que les pasaba a ellos.

No era que no querían ayudarles a escapar, lo que pasaba era que no querían que sus vidas corrieran más riesgo al estar al lado de ellos; aun así, decidieron huir en el barco lo más rápido posible para que no pudieran encontrarlos. Felipe subió todas las maletas rápidamente al barco, y algo de comida para el camino, mientras que Elida se encargaba de acomodar a Emma en la cama del camarote, para luego ayudar a Felipe a subir a aquel pobre hombre moribundo quien parecía no volver en sí.

De alguna manera, Felipe logró encender el barco y salieron de ese lugar lo más rápido que pudieron. Más con la ayuda divina que de cualquier otra cosa, porque no se podía ver hacia dónde deberían dirigirse por lo oscuro que estaba la noche.

Navegaron por el Mississippi por algunas horas antes de encender alguna luz, asegurándose primero de que el peligro había pasado, para que otro barco que navegase por el río pudiera verlos y no fueran a ocasionar una colisión, o levantar algunas sospechas por parte de cualquiera que se diera cuenta de que el barco navegaba sin luces por la noche. A pesar de que no vieron por muchas horas de navegación señal alguna de otro barco o personas que vivieran al lado del río.

Con el paso del tiempo la confianza creció una vez más en aquella pobre señora, por el hecho casi heroico con que les habían literalmente salvado la vida.

Lo que pasaba era que intentaba escupir fuera ese pasado que aún la lastimaba en cada segundo y en cada respiro.

La señora de nombre Ruth de Chipilín, le contaba a Elida que ella y su esposo Seth Chipilín, habían llegado hace algunos años al país, con la ilusión de encontrar trabajo y poder procurar un mejor futuro para los hijos que habían dejado atrás en su país de origen. Le dijo que habían trabajado en un hotel por un tiempo, en una comunidad que estaba cerca del lugar al que luego fueron a trabajar, a la propiedad de aquel infeliz abusador. Les había prometido un lugar para que durmieran, y que les pagaría el salario mínimo para que cuidaran de los animales del campo. Que ni se preocuparan de la comida, y otras más falsas promesas.

Le dijo que después de un tiempo de haber llegado a ese lugar, y de que se dieran cuenta de la injusticia que cometía con otros más que tenía escondidos en distintas galeras en su propiedad, intentaron escapar en una noche cuando el mal criado intentó violarla por primera vez.

Salieron por un hueco que estaba en la galera, después de haber metido los animales dentro, y de asegurarse de que el patrón se había ido para la casa grande. Su sorpresa fue que, el indiferente abusador tenía más compinches bajo su mando, quienes vigilaban las galeras para que nadie intentara escapar.

Los atraparon intentando brincar la cerca que dividía el campo de pasturaje para el ganado, donde los golpearon hasta casi matarlos, y luego los llevaron encima de un par de mulas hasta la casa grande para delatarlos frente al patrón, quien se enfureció de gran manera, que casi estrangula a Seth por el coraje que sintió. Ruth se dio cuenta de que aquel miserable lo mataría. Ella no podía permitir por ningún motivo que aquel miserable se saliera con la suya, tenía que hacer algo al respecto. Por eso se levantó como pudo para rogarle al patrón que por piedad no lo matara, que ella haría todo lo que él quisiera, cualquier cosa, pero que lo dejara vivir. Aquel infeliz aprovechó para saciar su sed de lujuria al escucharla rendida ante él, de rodillas suplicándole que por piedad le perdonara la vida.

El patrón mandó que lo arrojaran a la galera en donde Felipe los había encontrado al lado del rio, sin comida alguna por tres días, sin importar la condición en que había quedado después de la golpiza que los compinches del patrón le habían dado.

Cada vez que algo no le gustaba al patrón, o que salía de mal humor de la casa grande, se desquitaba con aquella pobre pareja golpeándolos hasta creer haberlos matado, luego mandaba a que los encerraran por tres días para ver si sobrevivían o no.

El odio le quemaba el alma al ver que cada ocasión que golpeaba a Seth, este se recuperaba milagrosamente, a pesar de las condiciones brutales a las que se enfrentaba en cada golpiza.

El inicuo había desarrollado la maña de abusar de Ruth cada vez que se le daba la gana, sin importar en que condición quedara después de la golpiza que le daba antes de violarla enfrente de Seth, a quien siempre amarraba a un poste para que pudiera ver lo que hacía con ella.

Ruth le contaba a Elida que habían llegado a perder la esperanza de poder escapar un día de esa esclavitud de dolor y sufrimiento a la que los encadenaba aquel perdido e ignorante, pero que nunca habían perdido la fe.

Cada noche antes de que el violador la asechara, se ponía a rezar de rodillas implorando al cielo un poco de piedad, mientras Seth estaba amarrado en el poste sangrando e inconsciente, porque el patrón en ocasiones mandaba a sus malhechores para que lo golpearan y lo colgaran, para poder abusar de ella después de golpearla casi hasta perder la conciencia.

Ruth le dijo a Elida que sentía algo de alegría por haber logrado escapar después de años de sufrimiento, pero que sentía pena por aquellos que se habían quedado atrás a seguir sufriendo la maldad con que algunos hombres contaminan sus corazones. De pronto, Ruth soltó el llanto por el dolor que sentía, al saber lo que les podría pasar a otros por su culpa, cuando el patrón se dé cuenta de que escaparon. Se tiró al piso desconsolada por el dolor en su pecho, gritando a Dios por un poco de piedad, preguntando la razón de por qué no se apiadaba de aquellas pobres personas que sufrían de gran manera en aquel lugar miserable, en donde la justicia no amparaba las quejas de los abusados por el mal. Le reclamaba a Dios por su silencio, por la falta de consuelo cuando ella lo llamaba pidiéndole un poco de piedad, y le preguntaba si era el caso de que no los miraba sufrir, o qué acaso no le importaba su sufrimiento. Al escuchar los reproches que Ruth mal entendía en su corazón, Seth despertó creyendo que aún estaban en aquel lugar de angustia y sufrimiento, e intentó pararse de la cama por sí solo.

—Déjela en paz —Alcanzó a decir aquel pobre hombre antes de caer al piso— déjela.

Elida evitó que se golpeara la cabeza con la orilla de la cama de hierro, al reaccionar velozmente hasta lograr tomar la cabeza de Seth con sus manos, casi de una manera sobrenatural. Luego lo tomó en sus brazos y lo puso de vuelta en la cama como si fuera tan liviano como un bebé.

Ruth aún estaba tirada en el piso siendo torturada por sus reproches, no podía hacer nada para ayudarle. Pero en el momento en que se dio cuenta de lo que pasaba, se levantó de inmediato para abrazar a Seth por la alegría que sentía de que estaba vivo.

No le dio mucha importancia a la naturaleza de lo que pasó, porque su mente no estaba dispuesta a aceptar lo que no podía comprender. A ella solo la embargaba la alegría de ver que su amado había sobrevivido a la despiadada amargura de todos esos años de sufrimiento y dolor.

Felipe bajó por un minuto porque había escuchado a Ruth gritar, pero Elida lo calmó diciendo que no se preocupara, que se fuera a vigilar el timón del barco, que ella se encargaría de la situación. Tuvo que explicarle rápidamente solo algunas cosas que pasaron porque Felipe no se miraba muy convencido de que no se necesitara su ayuda, lo cual le pareció algo incómodo.

Al verla profundamente a los ojos por algunos segundos, reconoció la seguridad y valentía con que Elida enfrentaba siempre las cosas, y confió en que su amada era capaz de encargarse de su momento, sin ninguna intervención extranjera que pudiera afectar su percepción de la realidad.

Pasaron por un pueblo que estaba dividido por el rio, justo en el momento en que regresaba a la cabina, para tomar el timón y apagar las luces rápidamente para que nadie pudiera verlos pasar por debajo del puente. «A ghost ship». Felipe alcanzó a escuchar la voz de un niño que intentaba alertar a otros sobre el barco navegando por el Mississippi, pero aparentemente nadie escuchó a aquel infortunado niño.

Después de navegar por algunas horas, llegaron hasta el delta del rio, en donde había un pueblo que se asentaba justo al este, en donde algunas personas pudieron verlos pasar sigilosamente sin ninguna luz. Felipe pudo verlos desde la cabina porque tenían una gran fogata encendida a la orilla del rio, y este navegaba muy cerca de donde estaban ellos. Felipe decidió que lo mejor era buscar lo más lejano a la orilla para evitar ser vistos.

Las estrellas fueron sus únicas referencias, al notar la luz de su resplandor sobre la oscura noche que cubría esa parte del planeta.

Sin ninguna explicación más que la de la divinidad guiándolo por ese lugar desconocido, Felipe se aventuró lo más que pudo hasta quedar sin combustible para seguir navegando. Sin saber qué hacer y sin encontrar alguna señal que lo guiara, decidió atrancar en una pequeña isla para ver si podían encontrar algún lugar seguro para reconsiderar el siguiente paso.

Felipe se acercó a la isla lo suficiente como para no encallar, y soltó el ancla para que la corriente no los llevara a la deriva rio abajo. Prendió las luces de los camarotes para ver que todos estuvieran bien, y alertarlos de que se detendrían porque ya no había combustible para continuar.

Al caminar hacia el camarote donde habían alojado a la pareja que había salvado de aquel lugar miserable, se dio cuenta de que Seth había mejorado, pues roncaba como si no hubiera dormido en mucho tiempo, por lo que mejor decidió dejarlos tranquilos para que descansaran.

Encontró a Elida con los ojos bien cansados por no poder dormir de estar esperando a que regresara a verlas.

—Ahora que habéis regresado, descansaré un poco, cabezón.

Felipe se acostó en un catre que estaba en el piso al lado de la cama, después de darle un beso a su amada Emma en la frente. No pudo dormir por estar pensando qué hacer para continuar, por lo que los primeros rayos del sol lo sorprendieron intentando encontrar la razón, de por qué habían terminado varados en una isla en medio del rio.

La incertidumbre lo hacía ver qué tan frágiles eran sin la piedad de lo alto, lo miserables que se convierten los corazones de los hombres alejados de la gracia; la cual cumple a tiempo sus planes dándole a todos una oportunidad de aprender una experiencia nueva como espíritus.

Agradeció por la confianza que se había puesto en él, confiando que algo pasaría para que se les facilitaran las cosas y poder seguir hacia el norte, para poder cumplir la misión para la cual estaban destinados desde antes de nacer.

Por alguna extraña razón que Felipe no pudo comprender en el momento, y por aquella gracia de la cual confiaba ciegamente, empezó a nevar fuertemente, cubriendo la isla en cuestión de minutos. Felipe estaba parado en la Amura de Br, sorprendido del espectáculo de ver la nieve caer por primera vez.

Después de comprenderlo a su manera, se dio cuenta de que debería apresurarse a quitar algo de nieve de la cubierta del barco, además de la cabina y los camarotes. Así que, tomó una pala y se dispuso a intentar mantener el barco lo más libre posible de nieve. Aunque muy pronto se dio cuenta de que era una necedad, pues nevaba tan fuerte que casi caía más de lo que quitaba.

Se dio cuenta de que Elida estaba por la ventanilla del camarote con Emma en sus brazos, mostrándole lo aparentemente hermoso que se veía la nieve caer.

Al ver la sonrisa de Elida y la alegría de su hija, pensaba que ese era el mejor momento de su vida, al verlas riendo dentro de la cabina del barco al verlo intentar inútilmente quitar la nieve de la cubierta.

Deseó de todo corazón que el tiempo no pasara para poder disfrutar lo más posible de sus sonrisas, pero, los caprichos personales no son atendidos en base al ego carnal, y el flujo del tiempo continuó ilusionándolo, hasta comprender que debería ocuparse en encontrar la manera de calentar la cabina del barco, para que no se fueran a congelar por la noche.

Fue a echar un vistazo a la cabina en donde Ruth y Seth dormían, para asegurarse que estuvieran bien, o si es que necesitaban algo. Al entrar los miró acurrucados en la cama, con un par de cobijas que Elida les había dado para que no pasaran frío, las cuales había encontrado en el camarote en donde ella y Emma dormían. Notó que Seth había comido algo de lo que Elida les había dado, por las migajas que tenía entre las barbas, por lo que se sintió más tranquilo al saber que sobreviviría.

Al verlos dormir abrazados, como si no hubieran dormido tranquilamente en mucho tiempo, comprendió la diferencia entre lo aparente y lo real.

Lo más significativo que pudiera haber aprendido de toda esa experiencia, de sus detalles sublimes que la divinidad derrocha entre nuestras vicisitudes, es que El Creador se ocupa de sus asuntos de una manera que el hombre no logra comprender, por el límite que el miedo causa en su ser, pero se apiada de los más débiles y desprotegidos de una manera que ni ellos mismos llegan a comprender.

Al explorar el barco para buscar algo que le fuera útil, encontró tres contenedores con el suficiente combustible como para viajar mucho más lejos. Sintió esa sensación de que deberían continuar a pesar de las condiciones del clima, pues los dueños del barco no tardarían en darse cuenta de que ya no estaba en el muelle, y de seguro saldrían en su búsqueda.

Llegó al camarote en donde estaban sus amadas, por lo que *Luz de Luna* se le lanzó corriendo a abrazarlo.

—¡Papi, papito, papito! — Gritó Emma al verlo entrar.

Le dio un montón de besos por toda la cara, luego se acurrucó en su pecho mientras este la cargaba.

Felipe quería hablar con Elida sobre ese tema de partir lo más pronto posible, pero ella lo interrumpió diciéndole que debería de comer algo antes de hacer cualquier cosa, pues ya había preparado algo para que pudieran comer juntos cuando regresara. Felipe se tomó un momento para probar algo de comida, pero solo para que su amada no se preocupara.

Elida lo apoyó en todas las decisiones que tomó, sin titubear un poco si quiera de que Felipe tenía la razón, al intentar por todos los medios protegerlas de los tiranos y asesinos, quienes siempre estaban sedientos para descargar su furia sobre los inocentes.

El frío aumentaba con el paso de las horas, por aquella tormenta que se había suscitado repentinamente sobre aquella región.

Elida lo ayudó a cargar el combustible, luego inmediatamente encendió el barco para poder salir de la nieve que empezaba a acumularse alrededor.

El ruido de los motores despertó a Ruth y a Seth, quienes se aparecieron en la cabina con el rostro lleno de una felicidad inmensa, a pesar de las heridas que tenían aún abiertas. Felipe ayudó a Seth a sentarse en una silla para que no se esforzara tanto, pues consideraba que aún estaba en muy mal estado.

Por primera vez en mucho tiempo, el frío hizo que el ojo izquierdo de Seth pudiera abrirse, disminuyendo así la hinchazón que le había durado por años, gracias a las golpizas frecuentes a las que siempre lo sometían.

A Seth no le importaba mucho lo que realmente pasaba, ni tenía algún reproche en su corazón que le hiciera perder la oportunidad de disfrutar ese sentimiento de libertad, el cual lo hacía sonreír como a un niño.

A Felipe le admiraba la fortaleza de aquel hombre, quien se mostraba firme y fuerte a pesar de las heridas que tenía en el cuerpo.

Después de ofrecerles algo de comer y de beber, Seth les contó de los otros que se habían quedado atrás en las galeras, esclavizados por el tirano. Además, de que el barco en el que viajaban, lo usaban para traer más esclavos que pudieran servir al patrón. Les dijo que había sido un verdadero milagro el que

144

pudieran escapar, porque Felipe y su familia estaban destinados a lo mismo que ellos habían sufrido por tanto tiempo.

Platicaron por varias horas antes de llevar a Seth a recostar un poco para que pudiera descansar, ya que, aunque aparentaba ser muy fuerte, no estaba del todo bien aún.

Dos días tardaron en llegar hasta lo que parecía ser una gran ciudad, en donde según Felipe podrían tener más oportunidades de trabajo, y sería más difícil que pudieran rastrearlos hasta esa misteriosa ciudad, la cual parecía encantada con el sonido del blues y el jazz que se escuchaba a las orillas del rio mientras se aproximaban.

Felipe se dirigió a estribor inmediatamente al darse cuenta de que el rio se dividía, y sintió que debería de dirigirse hacia ese lugar que lo llamaba con el viento y su melodía de jazz, lo cual lo seducía a una profunda meditación sobre lo que aquella ciudad trataba de advertirle, o enseñarle.

Siguiendo su intuición, dejó que la misteriosa magia de la divinidad los guiara hasta donde tuvieran que llegar.

Había un gran letrero viejo que decía, Valero Memphis Refinery, en donde atrancaron en el muelle para abandonar el barco lo más pronto posible, por temor a que el dueño del barco los estuviera buscando para matarlos. O lo que es peor, llevarlos a sus galeras para abusar de ellos el resto de sus mal valoradas vidas.

Elida cargó con Emma y un bolso que su abuela le había regalado para que guardara las cosas de la pequeña *Luz de Luna*, mientras que Felipe cargaba las otras tres maletas.

Ruth ayudaba a Seth para que caminara, pero este insistía en que él podía caminar por sí solo, que hasta pidió a Felipe si quería que lo ayudara con una de las maletas. Felipe, respetando la intención con que Seth se ofrecía, le dio su morral para que lo ayudara a cargarlo, ya que era suficiente peso con las tres maletas, se lo dio para que lo tomara. Cuando Seth intentó cargarlo, terminó en el suelo junto con el morral a un lado de Felipe, volteando a ver a Felipe en ese momento con

145

una cara de asustado que hasta pálido se puso, pues Felipe se lo había dado con una sola mano como si no pesara tanto. Felipe creyó que aún estaba muy débil como para cargar tanto peso, pues la verdad es una carga que no cualquiera puede llevar tan fácilmente.

Felipe tomó de nuevo su morral y se lo echó en el cuello, para poder cargar dos de las maletas, luego le dio la más liviana a Seth para que no se sintiera inservible, y pudiera seguir sanando más pronto con su intención de ser más fuerte cada vez. Ruth siempre lo acompañó todo el tiempo para estar al pendiente de él, pues estaba aún muy lastimado y temía que pudiera sufrir una recaída.

Al desembarcar en el muelle y sin que nadie se diera cuenta, caminaron hasta tierra firme en donde Felipe los guió hasta el bosque de donde provenía la música subliminal, la cual lo seducía atrayéndolo a su vibrante hechizo. Al caminar un poco entre el bosque, una mujer hermosa de piel morena estaba sentada en una piedra en un pequeño páramo por donde entraba un poco la luz del atardecer, haciendo que la piel de aquella mujer pareciera tan dorada como el oro, mientras que tarareaba una canción que acompañaba con el resonar de su guitarra. Se detuvieron al entrar al páramo para no interrumpir aquella hermosa melodía, asombrados del resplandor dorado que se diluía a medida que el sol se perdía entre los árboles. La pequeña *Luz de Luna* casi saltó de entre los brazos de su madre para correr hacia donde estaba aquella mujer radiante, quien sonreía al verlos. La mujer dejó su guitarra a un lado para cargar a la pequeña Emma en sus brazos, pues Emma corría hacia ella con la misma alegría con que corría a los brazos de su padre al verlo llegar. Asombraba a todos la manera en que se abrazaban, mientras cientos de mariposas volaban alrededor. Las mariposas se convertían en hojas secas de los árboles, las cuales caían al suelo al momento que ellas se alejaban dando vueltas de alegría por todo aquel pequeño páramo subliminal.

146

Capítulo 8

Los extranjeros

Elida y Felipe se acercaron a ellas con la incertidumbre de no saber quién era aquella mujer misteriosa, quien parecía conocer a Emma muy bien. De igual manera la pequeña *Luz de Luna* mostraba el mismo entusiasmo que se siente al volver a ver a un ser querido después de mucho tiempo, en el momento en que se abrazaban y reían por la alegría de volver a verse. Nadie podría negar dicha complicidad, ni mucho menos el amor que reflejaban.

Ambos estaban confundidos porque no recordaban haber tenido alguna visión respecto a ese momento, por lo que no tenían idea de lo que estaba por venir, así que no tuvieron otra opción más que esperar y aprender de lo que fuera que estuviera por pasar.

Tomados de la mano se presentaron ante aquella hermosa mujer, quien no dejaba de sonreír al ver que se acercaban. «Lizzie D.», dijo aquella mujer misteriosa.

Les pidió serenidad y paciencia en el momento que la incertidumbre los llegara a dominar, y les dijo que no había nada que temer. Al contrario, deberían de estar agradecidos por la benevolencia de sus protectores, quienes ya habían procurado un lugar seguro para que se pudieran alojar. Les reiteró que ella los conduciría al lugar indicado donde alguien más los recogería para llevarlos a un lugar en donde puedan descansar.

Miró con gran ternura a Ruth, quien estaba casi cargando a Seth, porque el pobre inocente y mal herido aún se sentía muy débil, por lo que fue en seguida a ayudarle para llevarlo a la piedra en la que estaba tocando la guitarra. Lo recostaron un poco sobre la piedra, en el momento en que una briza repentina sopló levantando la hojarasca, la cual se convertía en mariposas brillantes volando alrededor de Seth. Entonces, y para el asombro de todos, después de cumplir su propósito las mariposas volvían al suelo para tomar su lugar en el polvo, del cual se forman nuestros huesos y carne doliente.

El último rayo del sol aún se colgaba de la copa del árbol más grande, de donde bajó una nube de luz dorada, la cual se posicionó sobre el cuerpo de Seth, luego descendió lentamente hasta curar todas las heridas de su cuerpo.

Ruth estaba desconcertada por lo que veía, cayendo de rodillas ante lo que estaba pasando, juntando sus manos sobre su pecho como pidiendo perdón por sus trasgresiones y reproches en contra de la voluntad de los divinos.

—Perdóname, Tata —suplicaba Ruth al cielo.

—Nuestro padre es benevolente y piadoso —le pidió Lizzie D.—Levántate, y se digna de su amor.

La hermosa Lizzie volteó a ver a Elida, y le pidió que le diera la fruta que guardaba en el bolso de las cosas de Emma, la cual le había dado la señora Asia en la bandeja plateada, precisamente para que la pudiera usar en situaciones como esa. Elida sacó la fruta y se la dio sin titubear a Lizzie, quien la tomó con ambas manos.

Al exprimirla salió un jugo luminoso que dio a Seth para que lo bebiera. Seth se levantó un minuto después de haber probado ese jugo de maná, como si nada le hubiera pasado, sin ningún rastro de las heridas que tenía en su cuerpo.

La luz dorada salió de su cuerpo, por lo que Seth se echó de rodillas agradeciendo por la piedad con que había sido galardonado, llorando por el calor que aquella luz provocaba en su corazón, haciéndolo ver la diferencia entre el bien y el mal.

Tan pronto como la luz se fue, se hizo de noche, con venus siendo primero en aparecer, luego algunas constelaciones que sobre saltaban del resto del cielo nocturno. Entonces salió la super luna llena iluminando toda la ciudad. Al admirar tan grandiosa presentación de danza mística, para que la noche pueda reinar en nuestros sueños, no se dieron cuenta de cómo ni cuándo Lizzie había desaparecido. Se había ido con la luz imperante de la luna llena, al llamarla en su nueva etapa espiritual. Dejando a todos desconcertados sin saber qué hacer o a dónde ir, pues no conocían ni a una sola persona que viviera en esa ciudad mística.

La pequeña *Luz de Luna* estaba sonriendo, mirando fijamente la luna, la cual iluminaba un sendero por donde se podía ver una brisa luminosa que revoloteaba sobre la hojarasca.

Sin temor alguno en sus corazones, se dirigieron por el sendero siguiendo la brisa que los guiaba hasta la orilla del bosque, en donde un par de personas caminaban buscando un lugar idóneo en donde pudieran meditar un poco.

Estos dos nativos de esa tierra buscaban respuestas a todas las inquietudes que atormentaban sus corazones, en un lugar apartado del bullicio de la ciudad, esperando encontrar la respuesta que pudiera darles una esperanza de que no todo estaba perdido.

Estos dos nobles jóvenes intrépidos se sorprendieron al verlos salir por la vereda del bosque, intentando no ser vistos. Eso los hizo pensar que tal vez eran criminales intentando escapar de sus fechorías.

Al acercarse lo suficiente como para poder ver a Elida cargando a la pequeña Emma, se dieron cuenta de que eran extranjeros; aun así, no los discriminaron juzgándolos erróneamente.

Al contrario, aquellos nobles jóvenes les ofrecieron ayuda para cargar con las maletas, además de contarles sobre un lugar en donde podrían quedarse para pasar la noche, porque todo estaba a punto de congelarse, y era muy peligroso el estar expuesto por mucho tiempo a esas temperaturas. Uno de los jóvenes le dijo a Felipe que si se quedaban a la intemperie por un par de horas más de seguro morirían congelados. No se necesita ser demasiado listo como para saber que aquellos jóvenes tenían razón. Les dijeron que no temieran, porque aquel lugar al que se referían era de una señora muy buena, quien siempre le daba posada a toda persona que llegaba a su casa; que de seguro los recibiría sin problemas.

Ruth se mostraba algo nerviosa por pensar que posiblemente los querían asaltar, o lo que es peor, que los quisieran esclavizar para abusar de ellos. Seth la calmó un poco diciéndole que no temiera, que debería de confiar en el buen juicio de Felipe para decidir qué hacer.

Elida volteó a ver a Felipe al instante para buscar una señal que le diera la confianza que necesitaba en ese momento; pues, sabía que aquellos nativos tenían razón, al advertirles que podrían morir congelados si se quedaban más tiempo en el bosque. Felipe confiaba en su corazón que aquellos jóvenes les decían la verdad, por lo que pidió a todos que no se preocuparan, que estarían bien en el refugio.

Aquella vieja viuda de nombre Vicky Rey, los recibió en su casa para que se quedaran el tiempo que fuera necesario, y le pidió a Elida que le permitiera cargar a Emma para llevarla a una habitación de la casa en donde había más calor, pues el frío era casi insoportable en ese momento.

Elida y Vicky Rey se quedaron en la habitación por un rato mientras acomodaban a Emma en una cama para que durmiera. Los demás esperaban en la sala quejándose de lo rico que se sentía el calor de la chimenea.

Al momento de salir de la habitación en donde dormía la pequeña *Luz de Luna*, Vicky Rey dijo, «Prends bien soin d'elle, Margarita». Elida no había visto a nadie más en la habitación en el momento en que entraron, pero sí alcanzó a ver a una pequeña niña de algunos seis años, quien se sentaba en la cama al lado de Emma, en el momento en que Vicky Rey cerraba la puerta. Uno de los jóvenes nativos fue quien les traducía todo lo que la señora Vicky Rey les decía, además de presentarlos con todos los demás inquilinos, quienes se mostraron contentos de conocerlos. Elida era la única que entendía todo lo que decían, porque había tenido clases en ese idioma.

Les facilitaron una habitación y algo de comer para calmar un poco las penas. Les ayudaron a acomodar sus cosas y les regalaron algo de ropa, sobre todo algunos abrigos y calcetines porque el frío era insoportable en ese momento.

Felipe sabía que el frío se intensificaría a medida que viajaran más hacia el norte, por lo que consideró el quedarse por un tiempo hasta que las condiciones del clima les permitan reanudar su camino.

Con el paso de los días la presión de encontrar un trabajo para procurarle algo a sus amadas asaltó a Felipe. Tuvo la idea de enseñarle a algunos de los que vivían en la casa a arreglar las cosas para que pudieran valerse por sí mismos, y así lo ayudarían para formar un grupo de trabajo. De igual manera, Elida enseñaba a las mujeres a cocinar diferentes platillos de comida, para ofrecerlos en los edificios de oficinas, y así poder conseguir dinero para solventar los gastos de la casa de Vicky Rey.

Muy pronto se ganaron el respeto de todos, por el gran trabajo y esfuerzo que demostraron ayudando a la comunidad que los había acogido.

Felipe, ayudado por Seth y algunos de los que vivían en la casa, hicieron un taller de mecánica en una de las galeras que había en el patio trasero, el cual se hizo muy popular rápidamente por la eficacia y honestidad con que siempre trataban cada trabajo.

La comida de Elida se había hecho famosa por todos los edificios del centro de la ciudad, por el sabor único que les ponía a los platillos que preparaba. Sabía un sinfín de recetas de todas partes del mundo que su madre le había enseñado, las cuales eran heredadas de la abuela.

Con la ayuda de Ruth, quien se volvió su mejor amiga, trabajaban desde muy temprano en la mañana cocinando los pedidos que las oficinas hacían, para luego entregarlos a la hora de la comida por las demás mujeres que vivían en la casa de la señora Vicky Rey.

El joven y siempre sonriente Vinicius Clay, era quien conducía la camioneta que usaban para repartir la comida entre los edificios de oficinas, además de protegerlas de los que siempre están buscando como apoderarse de lo que no les pertenece.

Muchos son víctimas de las circunstancias adversas que resultan del mal gobierno, al no tener los medios ni la educación suficiente como para valerse por sí mismos. No quiere decir que esa sea la excusa que avale su abuso, su falta de respeto al derecho ajeno, o a la propiedad ajena.

Sabemos que no existen programas sociales que ayuden a los jóvenes, o a cualquier persona a reencontrarse con su verdadero potencial, pues a los gobiernos no les importan cosas como esas, a ellos les importan los sistemas económicos y políticos. Protegen a las grandes empresas y a los bancos, pero a los pobres solo se les exige el pago obligatorio de los impuestos. Son precisamente estos últimos los que mantienen esos sistemas económicos, pero carecen de los recursos y medios para crecer como individuos.

La comunidad se sentía a gusto con los consejos de Felipe, por lo que en muchas ocasiones los domingos en el servicio en la iglesia local le pedían que pasara al púlpito para que hablara. Jamás los discriminaron por su color de piel, o la talla de su cuerpo, o el lenguaje tan complejo que hablaban.

Emma se había ganado el cariño de todos en la cuadra en donde vivían, por la simpatía y el buen corazón que tenía con todos los niños del vecindario, a quienes siempre abrazaba y besaba en la mejilla cuando sus padres los llevaban a visitarlos a la casa de la señora Vicky Rey.

Esos meses fueron una gran bendición para todos en el vecindario, sobre todo para Seth y para Ruth, quienes encontraron en ese lugar la oportunidad que desearon durante mucho tiempo, y la cual no desaprovecharon en lo más mínimo al decidir quedarse a vivir para siempre en ese vecindario, para poder finalmente formar una nueva vida. Aun tenían fe de que algún día podrían reencontrarse con sus hijos, después de tantos años de sufrimiento y tortura.

Fue la bondad y el buen corazón de muchos en la comunidad lo que los animó a retomar ese sueño perdido por la injusticia y la discriminación. Ahora la divinidad jugaba su parte para recompensar el dolor y la pena, al ponerlos en medio de seres nobles y bondadosos quienes apreciaban su manera de ser, sin juzgar su apariencia ni herir su simpatía y honradez.

Tuvieron que cambiar sus nombres al igual que Elida y Felipe, para que nadie nunca encontrara una relación con su pasado, y así los ávaros corruptos los buscaran para desaparecerlos.

Aunque muy pronto se dieron cuenta de que el nombre no tenía relevancia alguna, al apreciar lo que cada persona tiene dentro de su espíritu; pues, los valores bien aprendidos desde el hogar se dan a conocer en las acciones con que el espíritu de cada persona se conduce al intentar ayudar a los demás, o simplemente al ser ellos mismos.

Gracias a las técnicas de construcción que Felipe había enseñado a tres de los inquilinos de la casa de la señora Vicky Rey, y dos más que vivían en la misma calle, pudieron ampliar la casa en los siguientes meses para poder albergar más personas que necesitaran refugio o comida.

Los muchachos lo apoyaron cuando Felipe les preguntó si querían formar un grupo de trabajo de construcción. Les dijo que podrían empezar ofreciendo su trabajo a pequeñas obras por un precio justo y razonable, para demostrar que eran capaces de hacerlo bien, bonito y barato.

Algunos no estaban muy seguros de lo bonito que el plan de Felipe sonaba, pues creían que nadie los contrataría por ser negros. Felipe los animaba a confiar en ellos mismos, diciéndoles que las apariencias son engañosas, que el temor de ser rechazado era solo una barrera más, la cual impedía que sus espíritus brillaran entre los más respetables ciudadanos de esta gran nación.

Con el ejemplo de sus acciones y el innegable poder de sus palabras, Felipe demostraba el simple y noble corazón que poseía, al siempre estar dispuesto a ayudar a los demás sin juzgar la idea o forma de vivir de las personas.

Los jueves por las tardes salían a buscar cosas entre la basura de vecindarios de la clase media, para llevarlos al vecindario en donde vivían y regalárselo a las personas de bajos recursos.

Siempre que encontraba juguetes entre la basura, Felipe decía que esa era la única razón por la cual le gustaba hacer el servicio comunitario, porque imaginaba la sonrisa de los niños al recibir aquel juguete. Los que estaban rotos Felipe los reparaba con gran alegría, pensando que provocaría un gran entusiasmo al regalárselo a Emma, o a algún otro niño de la cuadra, para que pudieran disfrutar de su infancia fantaseando una realidad dulce y eterna.

Elida se reunía con todas las chicas de la cuadra para hablar con ellas sobre el respeto mutuo entre las personas, la caridad y las buenas costumbres de ayudar con cualquier forma de servicio. Muchas de ellas eran jovencitas que habían sido violadas y maltratadas por personas racistas, quienes en ocasiones salían de sus trincheras para reclamar la mentira con que se sugestiona su pobre e ignorante idolatría; pues, la supuesta superioridad que reclama su clan no demuestra signos de un nivel espiritualmente más elevado, de acuerdo con las acciones primitivas con que intentan demostrar su ignorancia y sus miedos. Elida en muchas ocasiones les decía que aquellos engañados eran los verdaderos esclavos en el mundo, al no tener la suficiente educación y fuerza espiritual como para darse cuenta de la mentira en la que desperdician la vida.

Pobres ingenuos, no se han dado la oportunidad de crecer en la conciencia de sí mismos, para que así, un día pudieran reencontrarse y darse cuenta del error terrenal al que están siendo arrastrados, por intereses mezquinos de los que intentan dominar a la población de este mundo.

Ruth y otras jóvenes de la cuadra la apoyaron con la idea de formar una liga que procurara la justicia y la dignidad entre las comunidades de esa parte de la ciudad, las cuales carecían de servicios públicos, así como de derechos y oportunidades para procurarse una vida digna como cualquier otro ciudadano.

Elida las incitaba a enfrentarse a las injusticias con un carácter menos sumiso, para defender los derechos sobre la dignidad humana, y procurar un futuro en donde se respete la igualdad entre personas. No solo en esta gran nación del norte, sino en todo el mundo. Siempre les insistió sobre el gran potencial que ella apreciaba en ellas, para que no se quedara tan solo como un sueño frustrado, sino para que cada una defendiera el derecho de ser y de pensar en la libertad y el respeto por la verdad y el amor.

Tuvieron reuniones cada fin de semana antes del servicio que prestaban en la iglesia de la comunidad, en donde ayudaban a preparar comida para los indigentes que se reunían en filas afuera de la iglesia para recibir un pedazo de pan y un poco de arroz con leche.

Aprovechaban la ocasión para repartir volantes a los indigentes, para promover la idea entre la comunidad, y así concientizar a la gente sobre los derechos a los cuales eran acreedores.

Elida no tenía idea de la historia detrás de este instinto primitivo que incitaba a algunos a cometer actos de estupidez e ignorancia, y creía que su lucha no debería de ser difícil, si lo que reclamarían era la justicia y la verdad. Dos cosas que evidentemente no han prevalecido en este nuevo orden de dominio y control sobre la población de este planeta. Cada uno juzgue a su manera.

La casa de Vicky Rey era una guardería no oficial, la cual ayudaba a cuidar a los hijos de las personas que tenían que trabajar, o que no contaban con los recursos suficientes como para contratar a una niñera para que cuidara de los niños mientras salían a buscar el pan de cada día. Vicky Rey les enseñaba a leer a los niños más pequeños, además de entretenerlos con cuentos que había aprendido de su abuela, y muchas otras más actividades que disfrutaba compartir con aquellos pequeños niños.

Muchos de los papás mandaban a sus hijos a la casa de Vicky Rey, solo para que pudieran comer algo, porque no tenían ni para ellos mismos.

Eran tiempos difíciles para algunos de los que vivían en esa calle, sin trabajo ni ayuda por parte de ninguna institución gubernamental que atendiera las necesidades de sus ciudadanos. Al contrario, existía una discriminación sistemática e innegable que segregaba a los más pobres a vivir entre la miseria y la falta de servicios básicos. Uno esperaría esto entre los países más pobres del planeta, pero la verdad es que es una realidad en los países supuestamente de primer mundo.

Hoy en día existen ciudades en estos países desarrollados, en las cuales deambulan miles de personas sin hogar, y sin esperanza de que sus líderes les den la atención adecuada para resolver la discrepancia social en la cual no tienen remedio sus desgracias ni sus derechos.

Todos se apuntan con el dedo unos a otros para culparse de lo que pasa, pero ninguno intenta resolver de raíz el problema. Al contrario, intentan tapar el sol con un dedo, al no atender el problema debidamente por ignorar las verdaderas causas, porque de esa manera se enfrentarían a las grandes empresas, a los sistemas económicos y políticos. Nadie está dispuesto a perder dinero, y nadie está dispuesto a perder el poder.

No existían recursos destinados para estas comunidades, ni respeto por parte del resto de la población, porque la idea primitiva con que algunos se jactaban era simplemente eso, un instinto primitivo que denominaba su incivilización. Estos ignorantes e injustos vivían engañados por los intereses maquinados por el orgullo y el odio con que sus líderes los nutrían y animaban, no dándoles libertad ni oportunidad de ser ellos mismos. Al igual como pasa hoy en día, eran esclavos de la mentira y la falsedad, la cual hiere como siempre a los inocentes quienes terminan sufriendo la discriminación y el racismo que se niega a desaparecer.

Las drogas y el alcohol consumían a las jóvenes promesas, quienes no tenían otra opción más que vender droga o volverse un alcohólico, o adicto a alguno de esos venenos que consume a todo aquel que cae en su trampa.

La falta de oportunidades que aquella comunidad sufría, por el hecho de tener diferente color de piel, evitaba que se aprovechara el talento que muchos de estos grandes jóvenes tenían. Muchos intelectuales y artistas de buena calidad se ignoraron por el simple hecho de ser negros.

Es mucha la ignorancia que existe al tratar de juzgar a otros por el color de su piel, por la talla de su cuerpo o la idea de su corazón. En especial si se ignora a sí mismo y no conoce lo imperfecto que es su vanidad, e ignora la mentira que el ego crea en su razón, en su idea de la vida.

Todos esos meses de celebraciones y éxitos en todos sus proyectos, sorprendieron a Felipe con la llegada del verano, incomodándolo un poco la idea de que debería de continuar su camino hacia el norte, a pesar de sentirse como en su casa o su hogar, por toda esa simpatía y amistad sincera que recibía por parte de todos en la comunidad. Pero, a pesar de que aparentemente todo estaba de lo mejor, sentía la responsabilidad de continuar con su misión de seguir adelante para enfrentarse a aquella misteriosa causa. Por la misma extraña razón que lo había traído hasta ese lugar, en donde su personalidad resaltaba por encima de los prejuicios raciales y sociales, los cuales lastimaban la unión de esta gran nación del norte.

El taller mecánico prosperó de gran manera, al grado de tener que derribar la galera que estaba en el patio trasero de la casa de Vicky Rey, para luego construir un taller con mejores equipos y maquinaria para facilitar el trabajo, y así poder garantizar la seguridad de los trabajadores.

Vicky Rey representó a Felipe en todos los requerimientos oficiales por parte de la ciudad, para poder abrir el taller de manera oficial, ya que meces después de que se corriera la voz del buen trabajo que hacían, un inspector llegó para pedirles el permiso necesario para trabajar en ese negocio.

Vicky Rey le mostró todos los documentos y permisos por parte del municipio, para poder trabajar el taller y el negocio de la comida; además, del equipo de construcción que Felipe había formado con los jóvenes de la casa y algunos que vivían en la misma calle, el cual se estrenó construyendo el taller y remodelando la casa de Vicky Rey, con más cuartos para que más personas indigentes pudieran tener un refugio digno en donde calmar sus penas.

Las charlas nocturnas de Elida y Felipe se centraban en el siguiente paso para que la comunidad contara con más recursos de educación por parte de la ciudad. Le pidieron a Vicky Rey y a Vinicius Clay que los representaran ante el presidente municipal, porque pensaban llevar a cabo una actividad musical que promovería el buen talento que existía entre la comunidad.

Ni Vicky Rey, ni Vinicius Clay pudieron negar el orgullo que sintieron al reconocer la intención de Elida y de Felipe, por lo que aceptaron de todo corazón, a pesar de saber el reto que significaba todo eso.

Hicieron una reunión comunitaria para discutir la propuesta, en donde algunos declararon que sería prácticamente imposible que les permitieran hacer tal cosa. Elida y todas las mujeres de la liga de la justicia apoyaron para convencer a aquellos inseguros de que sería un paso muy importante para demostrar la calidad y el talento de muchos de los jóvenes de la comunidad.

Aquellos pocos inseguros declararon que ellos no eran los que estaban en contra, al contrario, se sentían orgullosos de la oportunidad para demostrar sus cualidades, pero que dudaban de las autoridades locales.

Al final, la comunidad entera se comprometió muy entusiasmada para hacer todo lo posible para que se hiciera realidad.

A pesar de las mil escusas que el municipio respondió para que no se llevara a cabo lo que proponían, lograron convencer a muchos de los delegados y representantes para que se sumaran al proyecto, casi al punto de protestar para que se les tomara en cuenta.

Por alguna extrañísima razón lograron convencer a las autoridades para que aprobaran el evento, en el momento en que estaban a punto de perder la esperanza.

Felipe estaba convencido de que eso había sido obra de los divinos, porque con aquellos hombres no era posible razonar, ni mucho menos convencerles de que era algo bueno para la comunidad.

Organizaron un gran evento musical que atrajo a muchos más vecindarios para participar, en donde Elida y las mujeres de la liga de la justicia repartían volantes para invitar a las personas a que se unieran en la lucha en contra de la desigualdad social, la discriminación de género y el odio racial. Organizaron una gran quermes para obtener más recursos, y los medios necesarios para llevar a cabo todas las buenas intenciones que tenían para la comunidad que los había acogido con tanto cariño, la cual los asimiló como parte de ellos mismos, al descubrir la simpatía que sus corazones tenían, al dedicar sus vidas sirviendo y ayudando a los demás.

Ni el talento de Felipe o la buena educación de Elida fueron desapercibidos en ese vecindario, mucho menos la carisma y la simpatía de Emma, quien crecía cada día más entre aquella comunidad de seres nobles y humildes.

Todos la adoraban por la manera en que reflejaba la magia de la buena educación de sus padres y la bondad de su corazón.

Muchos intelectuales y talentosos se acercaron al consejo de Felipe, al reconocer el gran don con que había sido galardonado desde lo más alto del cielo.

El festival fue todo un éxito, al lograr que muchos vecindarios se reunieran para compartir y aportar a la causa que beneficiaría el talento musical de la comunidad.

Elida tocó junto con un grupo de músicos un par de melodías de jazz, con una pianola que un vecino le había prestado.

Emma, al ver los tambores que estaban sobre el escenario, se echó a correr a intentar sacar algún sonido golpeándolos con su mano. Eran un par de tambores que un músico de las tierras del sur había traído para interpretar una melodía para el evento, y los cuales había puesto en el suelo del escenario.

La simpatía e inocencia de la pequeña *Luz de Luna*, provocó los aplausos de la gente que se reunía para escuchar de la buena música, al verla intentando sacar un ritmo afín con las palabras entrecortadas que intentaba decir.

Un representante del municipio asistió para corroborar que todo estaba bajo las reglas, las cuales se habían estipulado en el permiso que se había emitido para llevar a cabo el evento. El mismo que informó a sus superiores de algunas irregularidades que había descubierto en ese evento, respecto a los negocios que supuestamente Vicky Rey tenía. Se dio cuenta de algo sospechoso al escuchar los agradecimientos para Elida y Felipe, por su gran dedicación de ayudar a la comunidad, para que se reuniera para compartir los buenos valores, pero, sobre todo, para reclamar los derechos que toda persona debería tener por igual.

El inspector investigó los nombres de Elida y Felipe para asegurarse de que sus sospechas eran ciertas, pues creía que eran inmigrantes ilegales.

Reportó a su superior de lo que había descubierto, y este a su vez los delató con el departamento de inmigración para que tomara cartas en el asunto. Días después de que las noticias del gran evento musical empezaron a correrse por todo el estado, cuatro oficiales federales llegaron a la casa de Vicky Rey buscando a Felipe y a Elida.

Vinicius fue quien les abrió la puerta y les respondió que no conocía a ninguna persona con esos nombres, que tal vez tenían la dirección equivocada.

Los oficiales entraron a la fuerza porque ya sabían de ante mano por el inspector municipal de que esas personas vivían en ese lugar.

Buscaron hasta el último rincón de la casa por alguna pista, pero no encontraron ni siquiera las maletas de Felipe y su amada familia. Ya que Felipe había tenido una visión un día antes alertándolo de lo que pasaría, por lo que pidió a Vicky Rey su ayuda para poder huir lo más pronto posible sin que nadie se diera cuenta.

Tuvieron un día para despedirse de los buenos amigos que habían formado en aquella comunidad, la cual los despidió con tristeza al saber que tendrían que partir.

Todos sabían que ellos eran inmigrantes ilegales; aun así, nunca los juzgaron o discriminaron de alguna forma; al contrario, los trataron como a uno más de su comunidad. Entendieron por la situación que estaban pasando y les ofrecieron su apoyo incondicional.

Vicky Rey puso sobre aviso a algunos miembros de la comunidad para que en el dado caso de que les preguntaran, negaran conocer a esas personas; y así, protegieran la libertad de quienes se habían esforzado honestamente y sin intereses ajenos a la bondad del espíritu, para procurar el derecho a la igualdad y el respeto.

Felipe encargó el taller mecánico a Seth y a Vinicius, confiando que se ocuparían en hacerlo prosperar aún más de lo que habían logrado hasta entonces. Ellos le prometieron continuar con el mismo sentido de integridad y dedicación con que él había logrado convencerlos de lo que no sabían que eran capaces de hacer; lo cual aprendieron al ver el ejemplo con que

Felipe se esmeraba en su quehacer diario ayudando a quienes menos tenían.

Vicky Rey lloró esa tarde cuando Elida se despedía de ella, y de todos los grandes amigos que había conocido y que ahora tendría que dejarlos atrás una vez más, para continuar en el destino marcado por los divinos, en el camino que el espíritu a elegido para aprender la experiencia de la vida carnal.

La tristeza de perder a un ser querido se comparaba con el dolor que Vicky Rey sentía al saber que Elida se alejaría, y que tal vez nunca la volvería a ver; pues, la había llegado a querer a ella y a Emma como a la hija y la nieta que había perdido.

En esos tiempos y lugares la injusticia social reinaba por todos lados, dejando que el prejuicio racial se propagara sin que nadie pudiera hacer cosa alguna.

Vicky Rey perdió a su familia en una de esas noches cuando unos campesinos de la zona que andaban borrachos buscando diversión en la ciudad, secuestraron a su hija y a su nieta mientras caminaban por la orilla del rio. Las violaron para luego asesinarlas cruelmente y sin piedad. Tiraron sus cuerpos cerca del bosque en donde Vinicius Clay había encontrado a la familia de Felipe y a los Chipilín, en aquella fría noche de invierno, cuando bajaron del barco para buscar refugio. Fue una lástima que la hija y la nieta de Vicky Rey no hayan tenido la misma suerte.

Las autoridades nunca se esforzaron en arrestar a los culpables, a pesar de saber el paradero de todos aquellos desgraciados, tan solo por ser blancos. Ni siquiera se les hizo un juicio, y ninguno pisó la cárcel un solo día, porque el juez los declaró enfermos mentales quienes no sabían qué hacían.

Vicky Rey, a pesar de haber jurado nunca en su vida volver a llorar, porque ya había llorado todas las lágrimas suficientes como para darse cuenta de que nunca se haría justicia respecto a su dolor privado por haber perdido a los seres que más amaba en la vida, lloró muy tristemente al saber que se alejarían de ella. Sabía que ni la justicia divina podría devolverle a su familia, y que en este mundo no había cabida para la igualdad ni para la justicia.

Elida fue quien la hizo creer de nuevo en la esperanza y en el amor eterno, el cual no muere con la carne de los que amamos. Por eso lloró desconsoladamente al aceptar la partida de los que había llegado a querer como a su propia familia.

Ruth y las demás jóvenes que vivían en la casa se unieron en un gran abrazo alrededor de ellas, por el gran cariño que le tenían, no solo por haberlas enseñado un sinfín de diferentes platillos de comida de todas partes del mundo, sino por la gracia con que su espíritu se jactaba en quererlas de muy buena manera, al tratarlas como si fueran sus propias hermanas.

Ruth se echó de rodillas en frente de Felipe para agradecerle por haberlos salvado aquella noche cuando estaban cautivos en aquel miserable lugar. Felipe le puso la mano en la frente, por lo que Ruth paró de llorar, luego cerró los ojos, y se le pudo ver una sonrisa de felicidad que embellecía su rostro, al momento en que un viento cálido la envolvió secándole las lágrimas. «Perdona, Tata». Exclamó Ruth.

Todo ese tiempo que Felipe convivió con ellos, Seth lo había llegado a conocer un poco más que los demás, y le tenía de igual manera un cariño de agradecimiento muy diferente al que los demás le tenían; pues, les había salvado la vida, enseñado la humildad y el trabajo honesto. Sobre todo, la buena costumbre de ayudar a los más necesitados ya sea de lo material o lo espiritual.

Seth lo abrazó llorando de gran gozo por haberlo conocido, y le dijo que nunca terminaría de agradecerle lo generoso que había sido con ellos, por lo que tendría su amistad incondicional para lo que pudiera necesitar. Seth se hincó ante Felipe, en el preciso momento en que lo llamaba maestro, pero Felipe lo detuvo de una mano y le pidió que se postrara dignamente, porque no había ninguna razón para postrarse ante él; pues, no había diferencia entre lo que uno o el otro eran capaces de hacer. Le dijo que su camino sería de muchas pruebas, pero que fuera diligente con el servicio y la humildad, para que no fuera a caer en los caprichos del ego o la vanidad.

A los demás inquilinos no les sorprendía mucho ver el cariño que algunos les tenían, porque se habían dado cuenta del galardón con que el creador los había bendecido, con su simpática y alegre forma de ser, y el descaro desmedido por querer ayudar siempre a los más necesitados.

El negocio de la comida y el taller dejaban muy buenas ganancias, las cuales usaban para ayudar con comida a los indigentes de la ciudad, y en especial a los más necesitados del vecindario, ofreciendo ayuda financiera para pagar gastos médicos y medicinas.

Elida administraba los dos negocios, a pesar de cocinar y atender a los asuntos de la liga de la justicia. Le enseñó a Ruth como encargarse de las finanzas de los negocios, un mes antes de que decidieran marcharse una vez más hacia el norte; pues, Elida había tenido un sueño que le advertía ciertas cosas que no estaban del todo claras en su mente, pero que relacionó luego en sus charlas nocturnas con el momento en que deberían partir. De igual manera Felipe hizo con el taller mecánico, dejándolo confiadamente con sus dos grandes amigos. Vicky Rey les prometió que cuidaría de ellos como si fueran sus propios hijos.

Fue muy grande el dolor de la despedida, al grado de casi rogarles de que no lo hicieran, porque ellos los protegerían de cualquier cosa. Elida y Felipe no negaban que fuera posible, pero tampoco negaban que ellos podrían recibir represalias por su culpa, y era precisamente eso lo que ellos querían evitar. Al final todos respetaron la decisión que ya habían tomado, al darles lo último que podrían darles, la bendición y el deseo de que les fuera bien en todo lo que se propusieran en la vida. Pero que, si deseaban volver algún día, no dudaran que tenían su casa en ese lugar.

Un primo de Vinicius fue quien los llevó hasta Lebanon, en donde se verían con un conocido de Vicky Rey para pedirle que les permitiera quedarse en su casa. El primo de Vinicius, de nombre Cassius Clay, les ofreció algo de comer al momento de llegar al pueblo, en un pequeño restaurante que estaba en la avenida principal.

Esperaron ahí por más de dos horas a la persona que los recogería, pero nadie llegó.

El joven Cassius les recordó que estaba de camino de nuevo a su casa, que si querían serían bienvenidos en Kentucky, porque su vieja casa tenía espacio suficiente para que se pudieran quedar el tiempo que quisieran. Felipe le agradeció muy cordialmente la intención, pero se quedarían a esperar a la persona que Vicky Rey les había recomendado. Que, en el dado caso de necesitar su ayuda, lo buscaría en el momento adecuado, pero que, si quería continuar para llegar pronto de regreso a su vieja casa de Kentucky, lo hiciera sin ninguna preocupación. Le agradeció una vez más por la oferta, luego Cassius se despidió de ellos y se marchó.

Esperaron hasta que el dueño del restaurante les preguntó si acababan de llegar, al ver las maletas al lado de la mesa donde aún tenían algo de comida, porque Emma siempre tomaba su tiempo para comerse las cosas, que hasta en ocasiones la comida se le enfriaba antes de terminar su plato.

El dueño del restaurante pidió enseguida a una de las meseras que le recogiera los platos y le calentara lo que la pequeña tenía en el plato.

La mesera recogió los platos y limpió la mesa, luego el dueño la llamó y le susurró algo al oído. Unos minutos después, la mesera regresó con tres platos bien servidos para llevar.

El dueño les dijo que estaban por cerrar el lugar, que si tenían alguna dirección o número de teléfono de la persona que esperaban. Felipe y Elida le agradecieron el gesto y le contestaron que no, solo que lo verían en frente del restaurante ese día hace seis horas atrás.

El dueño del restaurante de nombre José Pérez López, les dijo que tenía un cuartito en la parte de atrás del restaurante que podría servirles de refugio por esa noche, que si gustaban se podrían quedar, y ya en la mañana decidirían qué hacer. Felipe aceptó y agradeció de todo corazón el gran gesto de buena voluntad que tenía para con ellos, quienes eran unos desconocidos para él, pero que les ayudó como cualquier otro paisano lo haría por cualquiera.

Mientras Elida y la pequeña Emma se instalaban en el cuartito para descansar un poco, Felipe se quedó con José ayudándole a recoger las mesas y lavar los platos para poder pagarle un poco por haberlos dejado quedarse en su propiedad.

Platicaron lo suficiente como para que José se diera cuenta de la bondad y buen corazón de Felipe, al sentir en su pecho una sensación de comodidad al estar a su lado escuchando lo que Felipe sentía que podía confiarle.

Cada vez eran más las palabras de la pequeña Emma, quien crecía en medio de la vida nómada de sus padres, siempre teniendo que huir de las garras venenosas de la bestia que alimenta la ambición por el poder y el control de la verdad.

En ocasiones le decía a su madre que no se preocupara, con esas palabras inocentes de niña, porque ella siempre estaría a su lado; además, de recordarle a Felipe que lo amaba, justo cuando la cobijaba y le daba su beso de buenas noches.

—Yo también te amo, mi capullito de amor —Felipe le contestaba con el corazón sincero.

Una voz en uno de sus sueños despertó a Felipe a las tres y media de la madrugada, la cual llamaba por su nombre insistentemente. Aun cuando se dio cuenta de que estaba despierto seguía escuchando la voz, pero esta vez reconoció que se trataba de *La Anciana del Pelo Blanco.*

Se levantó de la cama y caminó hacia la ventana para observar la luna, pensando que tal vez se trataba de la misma voz que en ocasiones escuchaba.

La luz de la luna le trasmitió el mensaje de la anciana sobre los que habían dejado atrás en su tierra natal, de donde tuvieron que huir para proteger la verdad de los títeres corruptos que traicionan a su propia especie.

Tal vez esto no sea muy claro para muchos, pero en este mundo existen hombres coludidos con la oscuridad para llevar a cabo atrocidades aun en contra de sus propios hermanos.

Son la codicia y la avaricia la que aun ciega la conciencia de muchos de ellos, por eso aún no se tiene libertad o iluminación en este mundo.

Raúl había aprendido a canalizarse por medio de la anciana, para poder darle información a Felipe sobre lo que había pasado con la abuela, y los problemas que tenían en la mansión. La abuela había enfermado por que la habían intentado envenenar en un restaurante de la ciudad del estado. Se temía que había sido el padrastro de Elida para poder quedarse con la herencia que le correspondía a la madre de ella. La abuela se recuperó por ser de muy buena sangre, y por los cuidados que todos le brindaron en esos días en los que pensaron que la perderían.

Al perderse Felipe un poco entre las sombras, pensó sobre el medallón y el pectoral de oro, creyendo que con ellos sería invencible ante los necios ignorantes que no saben lo bueno que el espíritu pudiera enseñarles.

La energía en su vientre le decía que la ira conducía al odio, y que el rencor sería su próximo paso para entender antes de continuar en su camino. «Nadie es culpable, solo yo». Pensaba Felipe.

Al comprender lo imperfecto que era al momento de juzgar a otros por el dolor propio, se preguntaba cómo era posible que no se hubiera dado cuenta de lo equivocado que estaba, al querer eliminar a los que no comprendían muy bien lo que significa el milagroso y maravilloso hecho de estar vivos.

Se sintió incompleto e ignorante ante lo mucho que tenía aun por aprender de la vida y las vicisitudes del espíritu, por lo que aceptó no estar listo aún para enseñar a sus hermanos a continuar en el camino recto de la verdad. Mirando la luna y las sombras que creaba sobre las cosas, comprendió que no contaba con la sabiduría suficiente como para asegurar lo que era justo para algunos y lo que no era correcto para otros. Así que, simplemente se resignó a esperar los momentos que le pudieran enseñar lo que necesitaba saber, para encontrar la respuesta de por qué Dios había decidido eliminar a la mayoría de su creación, para corregir los errores que había cometido con sus propias intenciones.

Tenía esa idea insistentemente en su pensamiento, de que con *Las Herramientas del Orden* podría eliminar a los inicuos ignorantes que causaban el dolor en el mundo; pues, si Dios lo había hecho siendo su creador, era entonces una acción viable para comenzar de nuevo como una civilización más consiente de sí misma.

De pronto escuchó la voz de Gabriel dentro de sí, resonándole como si su interior fuera un gran salón vacío, la cual le decía, «Todo a su tiempo, Felipe».

Capítulo 9

El principio del calvario

Felipe lloró al reconocer la voz de Gabriel, y al recordar su promesa de que nunca lo dejaría solo en ningún momento de debilidad. En ese momento Elida despertó y lo llamó para que volviera a la cama, e intentara descansar un poco antes del amanecer, porque deberían de estar lo más fuertes posible para enfrentar lo que el día pudiera traer ante ellos. Se sintió orgulloso de contar con su apoyo y comprensión, por lo que tomó muy en serio lo que su amada le decía. Aún seguía algo preocupado por lo que había pasado con la abuela de Elida, y no estaba muy seguro de contarle.

Se quedó por un instante pensando muy bien lo mejor que podía hacer para protegerlas de cualquier mal, pero no encontró garantía alguna que le asegurara que todo iba a estar bien, así que se resignó a la voluntad divina.

Felipe volvió a la cama al lado de sus amadas, sobre todo para no preocupar a Elida más de lo que ya de por si estaba por todo lo que habían pasado.

Antes de quedarse dormido, recordó algo que Raúl le había dicho sobre Marcelino, el tío de Elida, quien conocía a un buen amigo por esas tierras. Que en el dado caso de que pudieran llegar hasta allá, podrían confiar en que les ayudaría en lo que fuera posible.

Era una coincidencia asombrosamente evidente, el hecho de que estuvieran precisamente por esas tierras en donde vivía el amigo de Marcelino.

Ya nada le parecía extraño a esas alturas del camino, en donde estaba seguro de que la divinidad actuaba a favor del bien y de la justicia. Sabía que nada estaba limitado al azar o la coincidencia, por lo que solo le tocaba esperar la manera en que se desarrollarían las cosas.

Un par de horas después, Elida y Emma despertaron como habitualmente lo hacían a la misma hora, pero intentando no hacer ruido para dejar que Felipe durmiera unos minutos más, mientras Elida arreglaba algunas cosas, y sacaba algo de ropa limpia de una de las maletas, de la cual cayó una de las frutas luminosas, la cual Emma tomó y se la empezó a comer.

Al comerse la mitad de la fruta, le dio a su mamá la otra mitad, la cual Elida partió en dos, se comió una parte y dejó la otra para cuando despertara Felipe.

El ruido que causaba la puerta del restaurante al abrirla despertó a Felipe, pero no se levantó en seguida, se quedó por un minuto algo tranquilo y despreocupado. Eso inquietó a Elida un poco, pues no era el momento como para relajarse. Felipe se sentó en la orilla de la cama por algunos segundos, luego se paró para darles un abrazo y un beso a cada una, quienes le sonreían al momento de que sus miradas se cruzaban después de despertar.

El dueño del restaurante les dijo que no podía darles trabajo a los dos, porque ya tenía todas las posiciones ocupadas, menos la de lavar los platos. Le dijo a Felipe si quería que Elida se quedara a ocupar esa posición, le conseguiría trabajo con algunos muchachos del pueblo que se van a trabajar en el tabaco o la construcción. Elida aceptó de buena manera contenta de poder ayudar un poco.

Felipe se fue a trabajar con los muchachos amigos de José, al rancho donde estaban construyendo unas galeras para colgar el tabaco después de cortarlo.

El dueño del rancho, un hombre alegre y sencillo de nombre Wayne Taylor, resultó ser la persona a la que Raúl se refería en su mensaje.

Felipe se dio cuenta al escuchar el nombre del señor Taylor por uno de los trabajadores, quien viajaba junto con él en la parte trasera del pequeño camión, para ir a trabajar hasta el área

170

entre Chattanooga y el Lebanon, la cual era en donde estaba el rancho del señor Wayne Taylor.

Los muchachos lo presentaron con el señor Taylor, a quien Felipe le pidió si podía hablar con él por un minuto, porque tenía algo importante que decirle sobre su buen amigo Marcelino. El señor Taylor se acordó con mucho cariño de su viejo amigo, y recordó aquellos días en la universidad cuando eran jóvenes, y se la pasaban investigando juntos todo tipo de trabajos. Le dio mucho gusto haber escuchado que su buen amigo se había convertido en lo que siempre procuró ser, un buen hombre dedicado a proteger y velar por la justicia entre la gente.

Le prometió darle trabajo el tiempo que creyera prudente, y que contaba con su ayuda al igual como los demás siempre habían contado con ella, sin ninguna distinción de género o raza, ideología religiosa o política. Felipe le agradeció por la confianza y prometió dar lo mejor de sí, para demostrar que era capaz como cualquier otro para trabajar en el campo. Que no se arrepentiría.

La ventaja que tenían de que Elida trabajaba en el restaurante, era de que el dueño le había permitido tener a su hija cerca para que la atendiera, ya que no se requería mucho trabajo para lavar los trastes, y así tendría el tiempo para cuidar de ella lo más que se pudiera; además, de que no conocían a nadie a quien pudieran confiar el cuidado de la pequeña *Luz de Luna*. Felipe pensaba que eso era una ventaja para ella, pues el ser independiente y autosuficiente siempre fue lo mejor que sabía hacer en la vida, aparte de amar y proteger a los más necesitados.

Aunque Felipe sentía que ella podría proteger y cuidar mejor de Emma que cualquier otra persona, pues sino trabajara podría educarla mejor, dándole más tiempo para enseñarle los buenos valores que siempre se aprenden en casa.

No se debe confundir esto con el machismo irracional con que muchos hombres pretenden esclavizar a la capacidad

171

femenina, pues Felipe sabía que Elida era mucho más capaz que eso, pero creía que si le daba más tiempo a *Luz de Luna* entonces la pequeña podría disfrutar un poco más del calor y la enseñanza de su madre.

Al saber lo mucho que su propia madre le había hecho falta, por eso intentaba que su hija no sufriera lo mismo por lo que él tuvo que pasar.

Él siempre respetó las decisiones de Elida, y jamás limitó su destreza ni su capacidad creadora. Al contrario, siempre le admiró ese sentido de valentía con que enfrentaba todo problema. Y en cuanto tenía la oportunidad le decía que ella era mucho más fuerte que él, pues era ella realmente la que sostenía a los tres en medio de todo aquel caos injusto que la vida les presentaba en el camino. Él nunca le negó la admiración que sentía por ella, sobre todo, cuanto la amaba.

Con el paso del tiempo la monotonía atrapó a ambos entre la encrucijada de los celos, las envidias de los demás y el rencor injustificado de la ignorancia.

Como una lección propia para que aprendamos que tan débil somos ante lo incomprensible de la vida, ante la adversidad que se niega a abandonar su parte. Cada uno juzgue a su manera.

En el restaurante la atención desmedida y muy aparente de parte del dueño para con Elida, desató las envidias de los demás, haciendo que estos inventaran rumores y chismes sobre lo que misteriosamente pasaba entre José y Elida. Ella no le contaba a Felipe lo que pasaba para que no se fuera a preocupar, no por temor a que Felipe se enojara o dudara de su fidelidad, sino para que no perdiera el tiempo en debilidades y dudas ajenas.

El amor de Elida era real e inquebrantable, no había manera de que ella se dejara llevar por las dudas, o por los chismes que otros hacían por envidia a su personalidad dulce y honesta.

De igual manera, Felipe no tenía la capacidad limitada por la ignorancia, ni su corazón se contaminaba con los celos irracionales con que muchos caemos por el temor y la inseguridad.

Él se daba cuenta de todo lo que pasaba, más sin embargo nunca quiso decir alguna cosa al respecto, pues creía fielmente que no valía la pena desperdiciar las pocas ocasiones que tenían para convivir en paz. El amor que sentían el uno por el otro era mucho más fuerte que cualquier chisme o envidia ajena. Era precisamente por eso por lo que Felipe siempre procuraba proteger a sus amadas de las inseguridades con que los hombres tienden a desperdiciar sus vidas.

De alguna u otra manera se las arreglaron para ignorar las insistentes insinuaciones mezquinas por parte de aquellos a quienes la envidia mataba. Eso causaba el odio incontrolable de aquellos ignorantes, al ver que a ellos no les afectaba las calumnias con que se aberraban para intentar hacerles daño. Sin duda se tuvieron que tragar su orgullo ante el amor y la confianza incorruptible que Felipe y Elida emanaban, al simplemente vivir sin prejuicios ni dudas.

Los meses pasaron hasta que celebraron el segundo año de Emma, en una pequeña fiesta de cumpleaños que organizaron en el restaurante, al lado de muy pocos nuevos amigos quienes decidieron acompañarlos.

Los buenos amigos siempre están presentes en los momentos adecuados para brindar el apoyo que se necesita, sin juzgar los chismes que los envidiosos inventan para saciar su rencor.

Con el paso del tiempo, Felipe se dio cuenta de que su trabajo honesto y justo era envidiado por algunos que siempre trataban de hacerlo quedar mal con el señor Wayne.

Felipe siempre terminaba de cortar el tabaco más pronto que cualquiera, lo mismo era en la temporada de siembra. Esto hacía que a muchos no les gustara que ganara más que ellos, a pesar de que ellos tenían más tiempo que él cortando tabaco. Por eso, y por la bajeza que causa la envidia, cuando Felipe se iba a comer le saqueaban sus pacas para adjudicárselas como de ellos. Cualquier cosa era suficiente para aquellos envidiosos para atacarlo e intentar de alguna manera hacerlo quedar mal con el patrón.

Y valla que intentaron de una y mil maneras para conspirar en su contra, pero aun así no pudieron hacer nada para que el patrón creyera todo cuanto ellos le inventaron.

El señor Wayne no era tonto, él sabía perfectamente la capacidad de Felipe, quien a pesar de sufrir las calumnias de los demás, nunca los delató. Tampoco el señor Wayne dijo cosa alguna ante las quejas injustificadas de los demás trabajadores, pues el buen trabajo honesto con el que Felipe siempre se destacaba, lo avalaba como el hombre responsable y honrado que era. Los envidiosos no tuvieron más opción que tragar su orgullo y coraje al no lograr sus malas intenciones, aunque nunca dejaron de insistir para intentar perjudicarlo.

Los chismes que se habían inventado sobre su amada, Felipe descubrió que habían sido calumniados por dos de sus compañeros de trabajo. Los mismos inseguros e ignorantes quienes siempre intentaban perjudicarlo. Él simplemente los ignoró.

Al no tener nada que ocultar o temer, Elida le comentó a Felipe sobre las inseguridades que cegaban a los envidiosos, por lo que él le dijo que estaba al tanto de todo lo que estaba pasando, que no tenía cosa alguna por qué preocuparse. De cualquier manera, era necesario el tratarlo para que no existiera alguna duda por parte de alguno de los dos. Sus charlas nocturnas se centraron sobre lo mejor que podrían hacer para evitar las agresiones absurdas de los ignorantes infelices.

Emma aprendió a hablar con la misma cadencia y acento de su madre, y ya se daba cuenta de los rumores que la gente maliciosamente formaba de la inocencia de Elida y la bondad de Felipe.

Por eso y por otras muchas cosas más que les ocurrieron, fue por lo que Felipe y Elida decidieron marcharse al pueblo de Hendersonville, con unos amigos que habían conocido en una venta de jardín. Y a quienes procuraron siempre que podían para pasar algún fin de semana o día festivo con ellos.

No cabe duda de que las buenas personas siempre actúan conforme les dicta su corazón, al igual que los buenos amigos hacen para ayudarnos con cualquier cosa que se nos ofrezca.

Todo aquel que cuenta con una amistad sincera, sabe que es un tesoro invaluable e inquebrantable ante la adversidad. Y no me dejarán mentir cuando digo que en muchas ocasiones los verdaderos amigos llegan a ser aún más que nuestros propios hermanos.

Se alojaron en un pequeño cuarto que estaba en la azotea del edificio de apartamentos en donde vivían sus amigos, el cual contaba con un baño y una pequeña cocina. A Felipe y a Elida les pareció más que suficiente aquel lugar, el cual, si bien era muy humilde, era un gran privilegio del cual muchos carecen. Además, se parecía lo suficiente a la oportunidad en donde podrían acercarse más a su sueño de poder formar un hogar fijo.

Julio Chávez, como se llamaba su gran amigo, quien estaba casado con una joven rubia hija de un ranchero de la región. Tenían dos hijos casi de la misma edad que Emma, solo diferenciaban por algunos meses.

Joy Wittman, quien trabajaba con el alguacil del condado, se había casado con Julio para que este pudiera arreglar su estado migratorio, pero la verdad era que se habían enamorado desde el primer momento en que se vieron, y no dudaron en formar una familia, sin importar los complejos con que se engaña a la gente para discriminar a los más pobres o necesitados.

No fue nada fácil convencer a los padres de Joy para que permitieran que se casara con Julio, ya que en esa región los extranjeros no eran muy bien vistos o aceptados. Mucho menos que se casara con alguna joven de la región. Muchos se opusieron a que la boda se celebrara, casi al punto de protestar para que no pudieran hacerlo en ninguna de las iglesias de la región. De igual manera pasaba en el registro civil, en donde los requisitos se volvieron casi imposibles para José. Joy tuvo que hablar muy seriamente con sus padres primero que todo, luego realizó una reunión comunitaria para decirles que hicieran lo que hicieran, no impedirían el amor que se sentían el uno por el otro. Algunos se opusieron a pesar de lo que Joy les dijo, pero no tuvieron más remedio más que aceptar que eso es lo que iba a pasar.

Con el tiempo la comunidad se dio cuenta del buen corazón que Julio tenía, por lo que poco a poco lo aceptaron como uno de ellos. Sobre todo, porque los buenos valores y principios son cosas que no se pueden ocultar.

Felipe continuó trabajando en la construcción con algunos muchachos que vivían en ese pueblo, entre el área de Central City y Elizabethtown. Prácticamente trabajaba en lo que fuera, desde limpiar los patios de las casas ricas, hasta alimentar al ganado en algún rancho de la región.

Esta vez, prefirió mantener un perfil bajo, el cual no llamara la atención de aquellos que les gusta mantener el poder de manipular los sentimientos de la población; pues, no podía permitir por ningún motivo poner en riesgo a sus amadas de nuevo.

Felipe vivió una vida apacible desde entonces, en donde se limitó únicamente a obedecer las órdenes que los contratistas le daban en los trabajos, en los cuales se gozaba aprendiendo cosas nuevas.

Después de algunos años en Hendersonville, encontró lo que siempre estuvo buscando, la libertad y la oportunidad de olvidar lo que su destino le tenía indeleblemente marcado en su camino. Intentaba ignorar lo que su ser le decía insistentemente cada día cuando salía a trabajar.

Al ver a sus amadas felices y despreocupadas de lo que habían vivido, le hacía pensar que si ignoraba lo espiritual podría vivir como cualquier otra persona sin prejuicios ni objetivos místicos sobre sus hombros, que gastaran todos esos momentos que desaprovechamos en ideas banales todos los días.

Llegó a desear una vida simple y alejada de cualquier cosa que los divinos quisieran. Al menos, se negaba a aceptar que su familia estuviera marcada para cumplir los caprichos de un creador que se había equivocado, y que ahora intentaba arreglar su falta con la vida de los inocentes.

A pesar de lo que ya había descubierto sobre la verdad de la vida y el espíritu, se imaginaba viviendo sus últimos días al lado de su familia sin importarle lo que le pudiera pasar a los demás.

Elida cuidaba de Emma cuando volvía de la escuela, y aprovechaba el tiempo para tejer ropita para bebé en las mañanas en que Felipe salía a trabajar. Habían acordado en que ella no trabajaría esta vez, pero era algo casi imposible para la forma de ser de ella. Así que, rápidamente se adaptó a las circunstancias, vendiendo entre los conocidos del pueblo las chambritas que su abuela le había enseñado a tejer. Gracias a su carisma y manera de hablar, pero sobre todo por su gran talento, logró que mucha gente inmigrante que vivía entre las comunidades cercanas, la visitaran para pedirle que tejiera algo para sus bebés.

Emma, ya casi con seis años, sobre salía en la escuela por el gran talento que tenía pintando y esculpiendo hermosas obras de arte, lo que la hizo ganar varios premios en la región. A pesar de que no hablaba mucho, tenía un muy buen repertorio de palabras no muy comunes que Felipe y Elida le enseñaban en casa, como parte de la buena educación que recibía sobre el respeto mutuo y el trato amable con las personas.

Hay que recordar que los buenos valores se aprenden en casa, y eso se reflejaba en la pequeña *Luz de Luna* en todo lo que hacía.

Era una de las mejores estudiantes en ciencias, y una de las precursoras a implementar la meditación para los niños en la escuela. Desafortunadamente, como muchas otras cosas más, la idea solo tomó fuerza en las burlas de algunos profesores que lo tomaron como broma, en el momento en que una de las maestras que quería mucho a Emma, les propuso la idea en la reunión de maestros.

Indudablemente, la formación y educación de nuestros hijos se basa en ideas políticas de algunos individuos que sustentan el poder, y no en lo que verdaderamente les hace falta para que un día logremos ser una sociedad civilizada y preparada, y así poder trascender un poco más en la justicia celestial.

Desafortunadamente la preparación de nuestros hijos es únicamente para que ocupen un puesto predeterminado en la sociedad, el cual es sugerido por los medios de divulgación que atacan a la libertad de pensamiento. Condicionados para servir a las causas políticas y sociales que rigen en estos tiempos, pero no para lograr una conciencia unificada en un objetivo común.

Al integrarse un poco más a la vida social de sus semejantes, Felipe conoció a muchos inmigrantes que trabajaban en el campo y en áreas de construcción, además de restaurantes y muchas otras áreas, en donde algunos recibían muy mal trato por parte de sus empleadores, al grado de casi tratarlos como unos esclavos. Les pagaban menos del salario mínimo y los obligaban a trabajar más horas de lo permitido por la ley. Muchos sufrían la desilusión de ser discriminados por sus propios paisanos, al maltratarlos y amenazarlos con denunciarlos a el servicio de inmigración, si es que no obedecían sus términos.

Toda esa injusticia preocupaba a Felipe de gran manera, que por más que se resistía no podía evitar intervenir, para mediar entre la confusión que contamina a estos pobres espíritus faltos de guía, faltos de amor.

Él sabía que era imposible que lo escucharan, por ser un inmigrante más quien había cruzado la frontera ilegalmente, y quien además no tenía el poder para que las personas cambiaran su forma de pensar; pues, qué podría decirles que les interesara escuchar, sino lo que este mundo de injusticia ya ha inculcado en sus aspiraciones como miembros de la sociedad. Ahí estaba de nuevo, cayendo sin querer en la misma duda en sí mismo que le impedía avanzar.

A pesar de intentar advertirles sobre la verdad del espíritu en la vida carnal, pensaba que lo mejor es dejar que las personas vivan su vida a su manera, sin intervenciones externas que limiten el gran potencial que existe dentro de cada uno de todos los seres humanos en el universo. Y que, además, cada uno debe crecer a su manera, entre las sombras o la confusión, entre el dolor y la pena; entre el amor y el odio.

En su momento comprenderán que nuestras vidas fueron como un lejano día en nuestra juventud, y del cual solo recordamos algunos detalles. No por eso la vida es menos valiosa, sino que es parte de todos los días que forman nuestro momento como espíritus.

Al no querer llamar la atención de aquellos avariciosos y corruptos por el poder, se conformaba con la aparente paz en la que se desarrollaban como simples mortales, intentando olvidar los designios que los divinos habían puesto sobre ellos. Aun así, existían detalles en ocasiones que le recordaban a Felipe su obligación como espíritu, no teniendo más remedio que intervenir de una manera u otra para ayudar a aquellos abusados por la injusticia. Aunque lo hacía de la manera más discreta posible, pues esta vez estaba dispuesto a no arriesgar la vida de nadie.

Muchas veces tuvo que callar ante la injusticia, ante el odio y el racismo indiscriminado, no solo de los ignorantes locales, sino de aquellos a quienes consideraba como sus paisanos.

Un domingo se reunieron en el pueblo de Glasgow, junto con otros amigos para celebrar las fiestas patrias de su país natal. Vistieron a Emma con un traje típico de la región de dónde venían, por lo orgullosos que se sentían de sus raíces ancestrales.

Elida y Felipe no fueron la excepción, ambos se vistieron con trajes típicos para darle más originalidad a la celebración.

Muchos admiraron sus trajes, porque los hacían sentir orgullosos y melancólicos a la vez, al extrañar el suelo que los vio nacer.

La comida era abundante y de distintas regiones, con distintos sabores y colores que seducirían a cualquier ojo de cualquier nacionalidad.

La música típica regional se tocaba por una banda compuesta por algunos muchachos de la comunidad, quienes gustaban reunirse en sus ratos libres para disfrutar de la música del jazz y el blues. Por ahora solo tocaban 'La Marcha de Zacatecas' y otras más melodías que la gente pedía.

Todo era felicidad y celebración en aquella casa, en donde fueron recibidos Felipe y su familia muy orgullosamente por sus dueños, al ver los atuendos tan originales con los que se habían vestido.

El dueño de la casa los pasó y sentó al lado derecho de su mesa, en donde había las tres únicas sillas vacías en la casa; pues, mucha gente acudió a la invitación que aquella familia había hecho a la comunidad, no solo para celebrar las fiestas patrias; sino que, conjuntamente celebraban la próxima llegada de sus tres hijos, quienes en ese momento ya habían cruzado la frontera, por lo que solo esperaban a que llegaran hasta el pueblo de Glasgow.

Felipe escuchaba atentamente lo que el señor Ponce de León decía sobre sus hijos, en el momento que escuchaba a un tenor cantarle sobre un árbol de durazno, en el cual estaba sentado debajo de su sombra al lado de Elida y Emma. Le recordaba las tardes cuando su madre le advertía de aquel tenor, el cual llegaba a buscarle al jacal para cantarle por un buen rato, y este salía para escuchar su canto.

Casi se le salía una lágrima al recordar a su madre, al no ser que volteó a ver a sus amadas quienes lo miraban con una gran sonrisa en la cara, por la alegría que sentían al compartir con los demás tan agradable celebración. Comieron lo suficiente como para no querer ni siquiera un vaso de agua más, a pesar de que el calor estaba algo fuerte ese día. Emma no tardó en hacer algunos amigos, por lo que se fue a jugar con ellos algunos juegos típicos que sus padres les habían enseñado.

Felipe sintió una sensación en su pecho, la cual lo hacía pensar en los hijos del señor Ponce de León, casi sintiendo la angustia que aquellos inocentes sentían en medio de la nada, caminando por un sueño engañoso que no les daría la respuesta que sus espíritus necesitan.

Elida estaba platicando con dos señoras y una joven adolescente, a unas tres mesas de donde estaba Felipe. Ella también había sentido la sensación al mismo tiempo que él, por lo que volteó a verle de inmediato como preguntándole si él sabía lo que pasaba. Felipe le asintió con la cabeza, y esta se paró enseguida para buscar a Emma, quien andaba jugando con los otros niños en la parte de atrás de la casa.

Un joven entró corriendo a la casa buscando al señor Ponce de León, porque le tenía un mensaje muy urgente. Los que vieron al joven entrar se preocuparon un poco al ver la cara de asustado que traía.

Tuvo que gritar por su nombre para llamarlo entre la gente. «¡Don León, don León!», gritaba el joven.

El señor Ponce de León, al escuchar la voz del muchacho lo reconoció en seguida, por lo que caminó deprisa hacia el muchacho, esperando recibir noticias de sus hijos; pues, el muchacho era el mismo que hace los mandados en la tienda de la comunidad, y quien siempre le avisaba cuando sus hijos le llamaban desde su país. Esa era la única manera de comunicarse con ellos, ya que casi nadie tenía teléfono en esa época.

Alguien había llamado para avisarle que sus tres hijos habían muerto en el desierto, que los habían encontrado la noche anterior, con señales de haber muerto de sed y hambre algunos días atrás.

La persona que habló para dejar el recado fue la misma quien encontró el número de teléfono escrito en un pedazo de papel, en el bolsillo de uno de sus hijos. Había decidido llamar al darse cuenta de que arriba del número de teléfono decía la palabra: Papá.

Algunas buenas personas rompen los convencionalismos de conducta para atender al corazón, y se apiadan del dolor de los pobres inocentes que sufren las desgracias con que la vida nos enseña las lecciones para crecer.

Fue gracias al buen corazón de aquella persona que le avisó sobre la desgracia que había pasado, por lo que pudo saber de la muerte de sus hijos. Que por lo menos podría tener el privilegio de enterrarlos dignamente. Ya que, en innumerables ocasiones muchos mueren intentando llegar al norte, y no se han encontrado ni siquiera huellas de sus huesos.

Este es el final de muchos de nuestros hermanos y hermanas, por buscar el sueño de poder darles un mejor futuro a sus seres queridos, sim saber que les costaría la vida.

Sin duda ese fue un día muy amargo para todos en la casa del señor Ponce de León, que hasta los que casi no le conocían se le acercaron para darle el pésame y apoyarlo en lo que se le ofreciera.

Tratando de animarlo de todas maneras, ninguno encontró la que le aliviara el dolor en el corazón.

Ponce de León, se echó de rodillas preguntando al cielo por qué se los había llevado.

—¿Qué acaso no eran ellos buenos? — Se desgarraba Ponce de León preguntando al cielo.

Felipe se le acercó y le puso la mano en la frente, para poder mostrarle un poco los designios de nuestro creador.

Ponce de León no dejó de llorar ni de reprochar al cielo su pérdida, a pesar de que Felipe intentó mostrarle lo que sabía. Por alguna extraña razón, su poder no funcionó con aquel hombre, porque lo ahogaban las lágrimas, y la voz se le iba de tanto reprochar al cielo por haberle quitado a sus seres amados. Elida se le acercó y le dio un gran abrazo, lo cual trajo un poco de calma a aquel hombre, quien había perdido no solo lo que más amaba en la vida, sino hasta su fe.

La gente se retiró de la fiesta, algunos para ir de regreso a sus casas por la tristeza de lo que había pasado, y algunos indiferentes se fueron a buscar donde seguir celebrando, al no ser parte del dolor que quemaba el corazón de Ponce de León.

Emma, al ver el dolor que aquel hombre tenía, se le acercó y le puso la mano en el corazón. Aquel hombre pasó lo amargo que lastimaba su garganta al sentir el calor de amor que salía de la mano de Emma, por lo que en el momento la abrazó y le pidió que lo perdonara, pero que entendiera su dolor. La pequeña *Luz de Luna* le dio un beso en la mejilla, y le dijo algo al oído. Ponce de León la miró asombrado, como asustado al escuchar las palabras de Emma.

El llanto cesó y la esperanza volvió a su semblante, el cual se había perdido debido al rencor y al odio que le había causado tal desgracia.

Felipe y Elida le ofrecieron su amistad, y prometieron visitarlo a menudo para que no se sintiera desamparado. Que en ellos podría confiar, si es que algo podrían hacer por él.

El señor Ponce de León les agradeció de todo corazón la intención de querer consolarle, aunque les advirtió que eso sería algo muy difícil de conseguir, porque no podía aceptar que Dios le hubiera quitado a sus hijos, después de pedirle en cada noche durante muchos años que le diera el privilegio de poder volverlos a ver. No hubo manera de consolarle.

Felipe conoció a un joven quien vivía en ese pueblo en esa misma ocasión, quien trabajaba arreglando los techos de las casas, y quien después de haber platicado por un buen rato con él, se dio cuenta de la personalidad con que Felipe demostraba su humildad al opinar sobre algunas cosas, y no dudó en invitarlo a trabajar con su grupo de trabajo.

Felipe platicó con Elida respecto a lo que su amigo de nombre Antonio Nieves le había ofrecido. Antonio le dijo que tenía una casa donde se podrían quedar, pero que estaba en el pueblo de Bowling Green, Kentucky. Como a media hora de donde él vivía. Que no se preocupara, ya que trabajaban en distintas partes del estado arreglando los techos de las casas, él lo recogería por las mañanas para ir a trabajar.

Elida le dijo que lo mejor que ella podría hacer era seguirlo a donde él quisiera. Que contaba con ella para cualquier cosa, pero que tomara en cuenta la estabilidad que ya tenían, además de la buena voluntad de sus amigos en Hendersonville, al ofrecerles su casa por el tiempo que fuera necesario.

Felipe habló con su amigo Julio para contarle lo que planeaba hacer, y agradecerle lo mucho que los había ayudado, por lo que le dijo que, si en un futuro necesitaba de su ayuda, que no dudara en buscarlo.

Ya habían formado una gran amistad, por lo que les fue difícil despedirse de ellos. En especial a Emma, quien estaba muy contenta con sus amigos, a quienes no se resignaba a no poder verlos seguido. Felipe le prometió que la traería de vuelta al pueblo de vez en cuando, para que pudiera ver a sus amigos. Que no se pusiera triste, pues no los abandonaría para siempre.

En Bowling Green vivieron hasta que Emma cumplió los seis años y medio, y en donde se asentaron para intentar vivir el sueño que no muchos logran alcanzar, un hogar feliz y libre para vivir la vida dignamente.

Felipe encontró trabajo en una empacadora de alimentos congelados, en el área de Delafield, porque el trabajo de arreglar los techos se había detenido por el invierno. Antonio le dijo que podría quedarse en la casa el tiempo que creyera necesario, porque el trabajo de los techos se pondría bueno después de la primavera, por lo que era bueno que trabajara en algún otro lugar en ese tiempo.

El lugar en donde trabajaba en la empacadora estaba a unas dos cuadras de la casa que Antonio les había prestado.

Parecía que había una cierta fortuna en algunos momentos que lo beneficiaba; pues, tenía una casa donde vivir, además de poder irse caminando al trabajo sin ningún problema. Muchos inmigrantes sufren la necesidad de transporte para ir a trabajar todos los días, teniendo que depender de la buena voluntad de otros para poder salir a buscar el pan de cada día. A veces el cobro por el aventón era injusto, pero uno tenía que aguantarse el orgullo muy a menudo; no había otra manera.

Es triste darse cuenta del abuso por parte de aquellos de quienes creemos son nuestros semejantes, o nuestros paisanos. Pero más triste es vivir la discriminación y la ingratitud de estos ingenuos descarriados, quienes creen tener algún privilegio por encima de los pobres e inocentes.

Emma, como siempre sobresalía en su nueva escuela, en la cual encontró nuevos amigos con quien compartir los buenos momentos que tiene la niñez, y que sin duda nunca volverán. Desafortunadamente, de la misma manera que le pasa a muchos de nuestros niños inmigrantes, la pequeña *Luz de Luna* sufría de la discriminación y el racismo con que se contamina la inocente vida de los niños en esta nación.

Fue gracias al gran ejemplo que sus padres le daban, por lo que pudo superar las burlas injustificadas por parte de estos pobres ignorantes y engañados. En algunas ocasiones intentaron agredirla físicamente al no tener éxito sus burlas absurdas, lo cual causaba más rabia en estos pobres ignorantes al darse cuenta de que no podían hacerle daño con su estupidez, ya que ella siempre los ignoraba. La pequeña Emma le comentaba a sus padres lo que le pasaba en la escuela, que hasta en los fines de semana a la hora de la comida siempre oraba por esos niños mal educados, pues pensaba que tal vez esos niños no eran felices en sus casas.

Los jueves por la tarde tenía clases de canto con el coro de la iglesia, mientras Felipe aprovechaba el tiempo para tomar algunas clases de piano. Después de todo, tenía que esperar una hora mientras los niños practicaban sus clases de canto.

Con lo que Elida le enseñó y lo que el joven Mateo logró hacer, para que se atreviera a continuar en su camino para aprender a tocar el piano decentemente como cualquier otro musico en la materia, tal como su madre siempre quiso que hiciera. Felipe, pensando precisamente en eso, se decidió a continuar con las lecciones.

Este joven Mateo, quien era su instructor de piano, y quien asistía a la iglesia Hillvue regularmente, tenía solo dieciocho años cuando enseñaba a Felipe las escalas musicales. Era un joven simpático y de muy buen corazón, quien siempre se ofrecía en ayudar en lo que su tiempo le permitía, ya que tenía que asistir al colegio por la mañana, y por las tardes prestaba servicio voluntario en la iglesia.

A pesar de que solo era un sótano en donde se reunían algunas personas, era un lugar en donde se podía respirar la esperanza de paz que tanto les hacía falta en sus vidas. Gracias al gran empeño y disposición por aprender, fue que Felipe llegó a tener el privilegio de acompañar al coro de la iglesia en algunas alabanzas y cánticos. Siempre alardeó sobre esos momentos, porque decía que experimentaba un éxtasis inexplicable al expresar con música lo que sentía.

Fue gracias a que la comunidad de la iglesia los acogió con su cariño y aceptación, por lo que pudieron superar las discriminaciones que sufrían a menudo por ser diferentes al resto de la población del pueblo. Ellos los trataron como sus semejantes, como sus hermanos en el espíritu.

Los domingos por la tarde le gustaba llevar a sus amadas a la isla de Wilkerson, para pasar un buen rato en la naturaleza. Había reconstruido una valsa vieja que se encontró en las orillas del rio Barren, con madera de troncos caídos que recogió cerca de la orilla, los cuales sacó con la ayuda de Elida y la pequeña *Luz de Luna*, con una cuerda que el mismo había hecho de materiales que siempre se encontraba entre las cosas que otras personas ya no querían.

Pasaron incontables momentos juntos recorriendo veredas y lugares que muy pocos apreciaban, al vivir engañados en la idea falsa de la realidad. Para Felipe y para sus amadas, el engaño jamás se apoderó de sus sueños ni de sus creencias, porque la fuerza de sus espíritus era más fuerte que cualquier avaricia o necedad. No había manera de que la confusión los sorprendiera, o que la corrupción o el miedo los aprisionara entre sus incontables celdas de la vanidad o el ego. Ellos eran felices a pesar de la indiferencia e injusticia con que el mundo los trataba.

Es una lástima que al mundo le importe un bledo los buenos ideales, o las buenas intenciones de nuestro corazón.

En una ocasión en la que decidió ir solo al río, porque presintió que tal vez habría tormenta eléctrica ese día, decidió pescar debajo del puente del camino a Richardsville, ya que los peces gato tienden a esconderse entre los troncos que se amontonaban debajo del puente.

Casi antes del anochecer, entre la luz arrebolada y mágica con que el universo despide al día, miró a una pareja de jóvenes que discutían dentro del auto en donde viajaban. Se habían detenido a la mitad del puente para poder gritar sus argumentos lo más escandalosamente posible. Ninguno aceptaba la posibilidad de estar equivocado; al contrario, se gritaban los reproches a la cara el uno al otro. Sin ninguna claridad en el alboroto que tenían, porque estaban hablando como pavos.

Al final del puente, en lo más alto de la estructura que apenas se había despedido de la luz del sol, vio a una criatura extraña de color gris muy opaco, con ojos más rojos que un rubí, y las alas más grandes que las del águila real. Felipe se dio cuenta que asechaba a aquella pareja que discutía a mitad del puente, e intentó advertirles gritándoles que aquel ser ajeno a este mundo los asechaba. Sus propios gritos de reproches mutuos evitaron que escucharan los de Felipe, quien les intentaba advertir sobre aquella criatura extraña.

Felipe se apresuró a remar lo más cerca que pudo de la estructura del puente, para trepar e intentar ayudar a aquellos inocentes que se malentendían entre el orgullo.

Al estar a medio camino para llegar hasta donde estaba la pareja, escuchó los gritos de terror de la joven mujer; y en un instante vio al joven con el cuello destrozado caer al rio y perderse entre la corriente. Se apresuró a trepar lo más pronto que pudo, pero al llegar hasta arriba del puente se dio cuenta de que era demasiado tarde.

Aquella criatura había destrozado a la joven también, e intentaba llevársela, porque la estaba amarrando con una especie de cuerda de color verde oscuro con manchas de sangre seca por todos lados.

Felipe la miró fijamente a los ojos, sin que la criatura se detuviera de su intención de amarrarla adecuadamente para llevársela. De inmediato los recuerdos lo invadieron con algo de furia, al recordar las lágrimas de su madre en aquella tarde cuando lo rescató casi de entre las garras del pájaro prieto. Sin duda parecía la misma criatura infernal. No tuvo temor al querer enfrentar a aquella bestia ajena a este mundo, ni dudó un instante siquiera de su capacidad como el escogido. Aunque no comprendía con certeza lo que pasaba.

La criatura hizo un sonido raro, lo cual le hizo recordar a Felipe el sonido que hacían los cocodrilos por la noche cuando navegaban por el Mississippi.

Metió la mano a su morral para tocar el libro, por lo que la criatura dejó caer a la joven al piso, y enfurecida por la energía que el libro le daba a Felipe, bramó llena de rabia y empezó a retroceder.

En el momento que intentó tomar el vuelo, con una de sus patas tomó el extremo de la cuerda, y al elevarse arrojó a la joven al rio para que se la llevara la corriente. Desapareció entre las nubes, al igual que aquella criatura que había intentado llevárselo a él cuando era niño.

La joven había quedado atorada entre los troncos donde Felipe había intentado pescar unos minutos antes de la tragedia.

De pronto se dio cuenta de que había estado soñando, porque se había quedado dormido en la valsa, pescando los peces gato que se esconden entre los troncos que se amontonan debajo del puente. Desconcertado y sin saber con certeza qué había pasado, se preguntaba si eso era alguna señal o advertencia.

El sol se había ocultado ya, pero aún permanecía el color ámbar de un lejano atardecer, el cual despedía el día e introducía la noche, para que nos apresuremos a volver al mismo lugar de donde nos levantamos.

Se regresó lo más pronto que pudo para llegar a casa antes de que se pusiera más oscura la noche. Aun pensando sobre la peculiaridad de su visión, sin precisar exactamente si aquello había pasado en algún tiempo remoto, o que tal vez pasaría en algún momento en el futuro.

El mar del pensamiento que ocupaba su realidad lo hizo despreocuparse de lo que comúnmente le pasaba, de esas visiones inconclusas e imprecisas que le advertían cosas que nunca estaban del todo claras para él. Sin embargo, aun continuaba pensando en aquellos ojos malévolos, los mismos ojos que recordaba de cuando era niño.

Llegó a casa solo con un pez no de muy buen tamaño, que hasta Elida le reclamó que por qué no lo había dejado de vuelta en el rio. Él le respondió que no siempre se lograba lo que uno se proponía, que en ocasiones uno debería de aceptar lo que el universo le ponía entre las manos, pues, aunque fuera un pez pequeño, al menos tendrían algo que comer. Ella lo comprendió a la perfección al ser una mujer humilde y de buen corazón. Se le acercó y le dijo que tenía toda la razón, porque el universo nunca se equivoca ni se retracta. Al contrario, provee lo que el espíritu necesita para crecer un paso más cerca de nuestro creador.

Al final lo decidieron asar en las brasas junto con otros dos peces más que había pescado el día anterior, con algunas papas y cebollas, además de algunos chiles jalapeños asados para que le dieran un sabor extra.

Felipe intentaba ver el juego de futbol en un pequeño televisor que su amigo Antonio Nieves le había regalado, en el momento en que Elida y Emma jugaban enfrente del televisor, por lo que no lo dejaron ver claramente el momento en que Paolo Rossi anotaba un espectacular gol de cabeza contra Argentina. Felipe se disgustó un poco por no haber podido ver claramente aquel gol, por lo que les pidió que bajaran un poco el ruido y se calmaran de estar corriendo de aquí para allá, porque no lo dejaban oír la narración del juego.

—Déjanos ser, no seas amargado, Quijote —. Le dijo Elida, en el momento que abrazaba a *Luz de luna.*

Elida la sostenía mientras la pequeña gritaba que la dejara ir. Pero luego Emma le pedía que le enseñara de nuevo como zafarse rápidamente si es que alguien intentaba tomarla a la fuerza. Él solo las contemplaba pensando en cuanta razón tenía su amada al intentar enseñarle a *Luz de Luna* cómo defenderse de los malvados. Aunque en ocasiones no hay manera de cómo zafarnos de sus injusticias, ni de sus mentiras.

Felipe decidió salir para checar los pescados que tenían en las brasas, en un pequeño fogón que construyó con algunas piedras, en las cuales puso sobre ellas una parrilla que se encontró de un viejo asador.

Los peces estaban en su punto, las cebollas y los chiles jalapeños olían de lo más delicioso, así que decidió sacarlos y ponerlos en una bandeja que se había encontrado, la cual bien podría tener más de cien años, pero a Felipe le gustaba por el tema que tenía de unos pavos reales en la cubierta.

Decidió regresar dentro de la casa para llevarle de cenar a sus amadas, y celebrar la cena juntos.

De pronto se dio cuenta de una extraña luz azul que se posicionó por encima de la casa, por lo que se apresuró para entrar rápidamente, que hasta tiró la bandeja con la comida al suelo.

Al mirar por la ventana observó a Elida y a *Luz de Luna* en la cocina aun riendo por la alegría que simplemente nacía de sus corazones, sin darse cuenta de lo que estaba pasando. Felipe se quedó inmóvil pensando que tal vez estaba teniendo alguna visión, justo en el momento en que el techo de la cocina se abrió por la fuerza de la luz azul, de donde bajaron cuatro criaturas humanoides con aspecto de reptil. Dos tomaron a Elida y uno tomó a Emma, para amarrarlas y taparles la boca para que dejaran de gritar. Felipe reaccionó de inmediato para intentar hacer algo, pero no pudo abrir la puerta. Parecía como si el tiempo no fuera el mismo. Como si nada fuera real.

Al saber que todo era posible, y al comprender la naturaleza de su misión como protector de la verdad, se apresuró de nuevo para abrir la puerta.

Cuando finalmente la derribó, entró rápidamente para impedir que se las llevaran, pero ya era demasiado tarde, pues en el momento que abrió la puerta, estos seres de sangre fría se elevaban en el aire llevándose a sus amadas con ellos. Alcanzó a escuchar algunos sonidos que estos reptiles hacían, lo cual pensó que ese sería su lenguaje. Entre esos sonidos escuchó claramente que una de esas criaturas mencionó el nombre de una persona. Esa sería la única pista que rescataría de todo eso.

Las horas pasaron sin que el llanto cesara por la angustia que sentía de haberlas perdido, por el dolor en su pecho al sentir que la visión se empezaba a materializar. Por primera vez en mucho tiempo, tuvo miedo de no poder salvarlas. Se reprochaba a sí mismo el haber causado dicha desgracia a los seres que más amaba en la vida, por lo que rogaba al cielo para que liberara a su familia y lo tomara a él. Pero el silencio solo hacía que su llanto se convirtiera en amargura.

El amanecer le pareció insignificante, triste y vacío sin la presencia de sus amadas. No pudo dormir ni siquiera un instante, por estar pensando e intentando recordar las visiones que le pudieran servir, para explicarle lo que había pasado con su familia, y de cómo hacer para rescatarlas de aquellas criaturas sin amor.

El dolor no lo dejó pensar de la manera correcta, ni pudo encontrar la razón de lo que había pasado. No podía creer ni aceptar que ellas ya no estaban a su lado. Lloró hasta perder la esperanza y la conciencia en medio de la miseria en que se convertía sin ellas.

No fue a trabajar en los siguientes tres días, intentando meditar lo suficiente como para buscar alguna respuesta dentro de sí, que iluminara la oscuridad de la impotencia que sentía al no poder hacer nada.

Al estar intentando recordar lo que había pasado esa noche, tuvo una visión sobre algunos detalles que no se había dado cuenta por estar desesperado intentando abrir la puerta. Recordó que las llevarían a la luna, según lo que el líder de las criaturas había dicho en el momento en que se elevaban en el aire.

Tuvo que meditarlo muy bien para no equivocarse, al pensar que tal vez estaba volviéndose loco al imaginar todo eso, por estar intentando encontrar una respuesta lógica en donde solo la fantasía parecía reinar.

Le costó mucho trabajo aceptar que eso era lo que había pasado, y mucho más aceptar que en realidad sí era posible que sus amadas estuvieran realmente en la luna.

Cada noche miraba la luna pensando que sus amadas estarían ahí esperando a que las rescatara. Y recordaba las visiones que había tenido sobre los llamados de auxilio que escuchaba en ocasiones por la noche, los cuales provenían de la luna; según su intuición. Entendió que las visiones se centraban en ese momento, y que los llamados eran los de sus amadas. Se echaba de rodillas y lloraba gritando de impotencia por el dolor que sentía en su pecho, al no tener la manera de rescatarlas de la tiranía que las había secuestrado.

Una representante del circuito escolar del condado de Warren visitó la casa para averiguar la razón de por qué Emma no había asistido a la escuela en esos días.

Encontró a Felipe tirado en el suelo llorando por la desesperación de no saber qué hacer. Le preguntó por Emma y su esposa Elida, que si podría hablar con ellas. Felipe se levantó lentamente balbuceando algunas palabras sin sentido, luego se le quedó mirando sin saber qué decirle; pues, qué podría decirle para que le creyera la fantástica razón por la cual no podría hablar con ellas. «No sé dónde están». Le respondió Felipe. La representante escolar lo miró desesperado llorando sin haber dormido en días, que le dio lástima la miseria en que se convertía sin sus amadas. Le preguntó de nuevo la razón de por qué no estaban Elida ni Emma en la casa, pero Felipe no sabía qué decirle.

La señora sospechó que algo raro pasaba, por lo que le preguntó qué era lo que había hecho con ellas, que le dijera donde estaban, o iría a la policía para reportar la desaparición. No hubo respuesta lógica que pudiera darle, por lo que Felipe solo permaneció en silencio pensando en lo que el destino le tenía preparado en su camino.

Lo detuvieron por ser sospechoso de haber asesinado a su esposa y a su hija, además de otros cargos más que se le colgaron por parte del fiscal, quien era un tipo rudo y sin principios, y a quien además no le gustaban mucho los inmigrantes. Le asignaron a un principiante para que abogara por él, quien además era el hijo del juez.

Lo único que Felipe declaraba era que no sabía en dónde estaban, y que él no las había asesinado. No sabía cómo explicarles lo que había pasado esa noche, en la que fueron secuestradas por aquellas criaturas de sangre fría.

Intentaron hacerlo confesar de todas las maneras posibles, que hasta el abogado intentó persuadirlo para que le confiara a él en dónde estaban los cuerpos, ya que él era quien lo defendía, él podría ingeniárselas para ayudarlo a que quedara libre. Felipe se daba cuenta de las intenciones absurdas por parte de estos hombres, quienes solo buscaban culparlo a él.

El juez había planeado todo para hacerlo hablar sobre el paradero de su hija y de su esposa, como una estrategia para culparlo de una forma u otra.

Al no declararse culpable, ni encontrar ninguna evidencia del paradero de Elida y Emma, el fiscal y el juez se ponían de acuerdo para achacarle otros delitos más, para que no pudiera salir de la cárcel hasta que encontraran los cuerpos.

El abogado le comunicó que los cargos que tenía eran muy grabes, que mejor declarara la verdad para que no tuviera más problemas. Felipe decidió contarles todo lo que había pasado.

El fiscal y el juez, además del jefe de la policía y dos detectives estaban detrás del vidrio donde Felipe declaraba los hechos que habían pasado esa noche.

El jefe de la policía se enojó de gran manera, argumentando que Felipe era un loco desquiciado, que no había duda de que deliraba en una historia fantasiosa para esconder sus fechorías. El fiscal y el juez lo apoyaron con la misma actitud, a excepción de los dos detectives que solo volteaban a verse de vez en cuando, al escuchar la historia que Felipe narraba sobre lo que había sucedido con su familia.

La verdad no siempre te libera, en especial si tus captores son participes de la mentira o la ignorancia. De eso se daba cuenta Felipe, quien comprendía que ningún hombre se atrevería a ayudarlo al saber la naturaleza de la desaparición de su familia, pues cualquiera pensaría que aquello era una locura inventada o imaginada. Eso lo hacía perder la esperanza de poder hacer algo para rescatarlas. Aunque eso parecía algo imposible de lograr, al no existir los medios para tan siquiera intentarlo.

Decidieron hacerle la prueba del polígrafo para asegurarse de que estaba mintiendo, y culparlo de la muerte de su familia. Pero los resultados solo confundieron a las autoridades porque no encontraron rastro de que estuviera mintiendo.

El juez y el fiscal no aceptaron de buena gana los resultados expuestos por los dos detectives, quienes exigieron la libertad de Felipe por falta de pruebas contundentes.

Al final, y por no dejar que saliera libre, a pesar de que los resultados eran negativos, el juez y el fiscal lo llevaron a juicio, pero aceptaron no de muy buena gana que los resultados del polígrafo se usaran como pruebas a su favor. Un juicio innecesario ya que las pruebas demostraban que no estaba mintiendo. Los dos detectives se aseguraron de que se respetara sus derechos, a pesar de ser un indocumentado.

De alguna manera la noticia de la declaración apareció en el periódico local, el cual seguía el caso de Felipe por la desaparición de Elida y Emma, causando la atención de la gente por lo raro de la noticia. "¡Una niña y su madre son secuestradas por extraterrestres!", decía el encabezado del diario.

Las autoridades estaban en desacuerdo con las declaraciones de Felipe, e insistían que eran solo locuras inventadas, las cuales reflejaban lo enfermo que estaba.

La noticia se corrió más rápido que la peste, por lo que llegó a oídos de los que se interesan en los temas relacionados con esa materia. No solo los que gobiernan de la forma más amarillista posible, sino de los que controlan esos medios para hacer que olvidemos ciertos detalles de nosotros mismos. Cada uno juzgue a su manera.

A seis días del veredicto, tras varios meces de trámites e investigaciones, recibió una visita de un joven muy alto y de apariencia muy sutil, quien le empezó a preguntar sobre lo que había dicho en su declaración. Felipe se dio cuenta de la energía que aquel joven irradiaba con su presencia, y le llamaba la atención su traje negro impecable con que vestía. Le contó lo que pasó, confiando que hacía lo correcto.

Sintió una energía que lo sometía contra la pared, en el momento en que el joven le apuntaba con la mano. Le dijo que no debería de decir ninguna palabra más sobre el tema, que de lo contrario lo asesinaría como a una cucaracha. Lo sacaría de la cárcel con esa única condición, que declarara que era un invento por no saber en dónde estaba su familia. Que dijera que el estrés había hecho que inventara tantas locuras.

Esta vez, el fiscal y el juez eran los únicos detrás del espejo. Felipe declaró que había inventado todo por la confusión que sentía, que tal vez alguien más había secuestrado a su familia.

Los rumores se calmaron con la declaración de Felipe, pero trajeron controversia por que no habían encontrado rastros del paradero de Elida y Emma por ningún lado.

Los medios se encargaron de hacer que la noticia se convirtiera en un chiste, para esconder las pistas que guiarían a los hombres hacia la verdad de su propia condición en este mundo, en el cual la libertad se compra con mentiras sobre promesas de odio y discriminación racial, por intereses que los controladores inventan a su favor para engañar a la gente.

Felipe salió libre de cargos, pero con la única restricción de no poder salir del pueblo, gracias a que el jefe de la policía insistió al juez y al fiscal para que le aplicaran la restricción de viaje.

Caminó desde la corte de justicia por la Avenida Principal rumbo al rio Barren, pero decidió tomar la Avenida Iglesia, para así poder llegar más pronto al área de Delafield. Se paró por un instante en uno de los escalones de la iglesia San José, para poder tomar algo de aire y de fuerzas, porque no le habían dado de comer en la cárcel por algunos días.

De pronto sintió la presencia de *La Anciana del pelo Blanco*, quien le advertía que debería entrar lo más pronto posible a la capilla, porque su vida corría peligro si se quedaba un minuto más sentado en los escalones. Felipe no dudó un instante de aquella advertencia, por lo que corrió de inmediato para dentro de la capilla.

En ese momento y sin que nadie se diera cuenta de dónde habían salido, una banda de malhechores odiosos pasó arrojando botellas con gasolina a la iglesia, y gritando palabras obscenas en contra de sus creencias. Quebrando vidrios y tumbando cercas se jactaron con su rencor aquellos engañados por las mentiras de su líder mezquino. Felipe solo pudo protegerse a sí mismo de la salvaje agresión de los engañados e ignorantes, quienes querían incendiar la iglesia.

Cuando finalmente los engañados se fueron, todos los vecinos se unieron al esfuerzo que hacía Felipe por apagar las llamas, las cuales aquellos pobres ignorantes habían causado con su soberbia y con su odio.

El párroco y dos sacerdotes más ayudaban al monaguillo a acarrear agua en algunas cubetas, para sofocar algunas llamas que se estaban propagando hacia dentro de la capilla.

Felipe cerró los ojos, y de repente las puertas se abrieron por un fuerte viento que apagó las llamas de un instante, por lo que todos se quedaron por algunos segundos preguntándose qué era lo que había pasado. Pero con la confusión y el miedo nadie se dio cuenta de la peculiaridad de los detalles, ni de la intención de Felipe por ayudar a mantener a salvo la capilla. A excepción de uno de los sacerdotes que estaba cerca, quien pudo ver cuando Felipe con la fuerza del espíritu apagaba el fuego del odio y del rencor.

Al ver que los bomberos llegaban para ayudar a sofocar las últimas llamaradas de odio, se sintió complacido en haber podido ayudar a salvar la iglesia del fuego, y se fue sin que alguien pudiera notar tan siquiera que alguna vez estuvo ahí. Tenía más penas que atender, y misiones imposibles que intentar resolver.

La soledad en la casa no le traía respuestas lógicas que le dieran una razón de la que pudiera valerse para aliviar el dolor de no tener a su familia a su lado, porque no soportaba la idea de que estuvieran con esas criaturas sin amor, que de seguro las asesinarían sin ninguna misericordia.

Tres días después de no poder dormir pensando en la manera de buscar a sus amadas, seis agentes de inmigración llegaron a su casa como a las nueve de la mañana. Exigían que les abrieran la puerta, o de lo contrario la tirarían. Felipe abrió la puerta de inmediato preguntando qué era lo que pasaba. Los oficiales de inmigración preguntaron por su nombre para corroborar que estaba en la lista, por lo que uno de ellos solo dijo que sí al Felipe decirles su nombre. Luego, los otros dos oficiales lo tiraron al suelo y lo golpearon casi hasta que perdió la conciencia. Entonces lo esposaron y lo llevaron arrastrando para subirlo a la camioneta, en donde traían a otros más que ya habían checado en su lista.

Casi inconsciente y con un ojo medio cerrado, pudo ver las caras tristes de aquellos pobres inmigrantes quienes sufrían la misma suerte que él. No pudo decir cosa alguna durante algunos minutos porque los oficiales los amenazaban para que guardaran silencio, o de lo contrario les mostrarían quien mandaba en esa tierra. De acuerdo con las palabras de los oficiales de inmigración. Los demás le sugirieron haciendo señal con la mano de que no dijera alguna palabra.

Por alguna extraña razón divina no le quitaron su morral, por lo que metió la mano para tocar el libro. Eso le dio algo de alivio, al confiar en que no todo estaba perdido. Por la voluntad de esa misma fuerza extraña que le permitió llevar el libro con él, fue que pudo decirles a los demás que no perdieran su fe, porque los divinos de seguro se ocuparían de los malvados e ignorantes en su debido tiempo, ya que ninguna maldad se queda sin responder a la justicia divina.

Los llevaron al pueblo de Leitchfield por algunos días, para luego trasladarlos hasta Chicago, de donde los transportarían hasta la frontera de McAllen un mes después, para que así pudieran ser deportados a su país de origen.

Felipe nunca hubiera imaginado tal crueldad por parte de los oficiales quienes abusaban de los inmigrantes, golpeándolos e insultándolos miserablemente y sin ninguna consideración humana. Nunca se imaginó la injusticia ni el odio que se reflejaba en las caras de aquellos altivos, ni de las agresiones mezquinas que hacían en contra de los inocentes e indefensos. Ahora se daba cuenta de que tan grabe era el engaño, y lo imposible que parecía que algún día podría ayudarles para liberarse de la mentira en la cual eran condenados.

Sintió una profunda lástima por aquellos infelices engañados, al saber que irremediablemente sufrirían el pago por sus fechorías, sin piedad ni consuelo. En una de esas noches le tocó escuchar que un oficial violaba a una jovencita en una de las oficinas de las instalaciones en donde los mantenían prisioneros. Nadie se atrevía a decir ni una sola palabra por el miedo que tenían de estos abusadores.

El muy miserable violador llevó a la joven de vuelta a su celda, toda ensangrentada de la cara, llorando desconsoladamente pidiéndole que no le pegara más. El silencio fue lo único que hizo que aquella joven dejara de llorar, resignándose a su miserable suerte de pobre e inmigrante, en esta nación, la cual llaman 'La tierra de la libertad'.

Felipe lloró desconsoladamente ante la injusticia y la altivez de aquellos simples mortales quienes jugaban a ser dioses.

Se reprochó a sí mismo por no haber traído con él el medallón y el pectoral, porque con ellos de seguro podría hacer algo ante tanta maldad. De nuevo pensó en usar *Las Herramientas del Orden* para terminar con los inicuos e ignorantes, quienes no mostraban alguna señal de ser civilizadamente capaces de sostener el bien o la justicia.

El libro le dio la fuerza y la sensatez necesaria como para no caer en la idea errónea que el rencor y el odio le estaban provocando. Se esforzó lo más que pudo para no sucumbir ante la injusticia y la ignorancia con que eran tratados. Sobre todo, tuvo que ser fuerte para no perder la cordura, porque sabía que aún tenía mucho camino por recorrer antes de intentar salvar a sus amadas.

Ese día que los llevaron hasta la frontera para deportarlos, una gran muchedumbre vestida de blanco protestaba para exigir justicia y dignidad para los inmigrantes.

En la muralla que construyeron los separatistas, dejaron algunas pocas puertas a lo largo de la frontera para controlar el acceso total al país.

La puerta negra se abrió para que los inmigrantes cruzaran de regreso a su patria. Entre ellos iba Felipe caminando a duras penas por la golpiza que casi a diario le daban los oficiales de inmigración antes de que se fuera a la cama, por el simple hecho de ser diferente. Felipe cayó de rodillas recordando la

199

noche en que sus amadas habían sido secuestradas por aquellas criaturas fuera de este mundo, en el preciso momento en que se podía ver a la muchedumbre que venía de todo pueblo y nación al otro lado de la puerta negra, la cual se cerraba detrás de Felipe, quien estaba de rodillas en el suelo recordando a sus amadas. Protestaban con cartelones y pancartas, los cuales gritaban las palabras que a menudo los necios ignoran por falta de integridad humana y amor al prójimo.

Dualidad

La noche terminó con sorpresas diferentes, pero a la vez todo
cae en la simplicidad de lo banal.
Presiento como manipula las apasionadas mentes de sus
títeres inocentes, inconscientes criaturas de su condición.
Uno a uno enlaza en su trama maligna en búsqueda del final,
en los dramas desbordantes de sus vidas, con furia y odio, e
ingenuidad.
Viene tras de mí, fastidiándome la vida.
A lo lejos veo el polvo que levantan las pesuñas de sus
caballos, y sus jinetes levantando sus hachas para degollarme.
Ese polvo sofocante de condición infernal, son los dramas de
estas criaturas.
Incapaces de la comprensión de su estado, viven
apasionadamente su búsqueda frenética de la felicidad.
Se mete por los ojos y no ay manera de evitarlo, pues, penetra
profundo en el polvo luminoso de los sueños.
Los oídos son susceptibles, y nuestro estado también.
Ya no sé qué es natural, o que lo ha creado esta sociedad, esta
raza de dolor y odio.
Generación de indiferentes y egoístas, individualistas faltos de
comprensión.
Los consientes son pocos, pero, aun así, caen en sus dramas,
y los persigue en su maquinación maligna hasta el final.
Así como toda esta legión polvorienta de angustia y rencor,
también existe en lo divino una que nos instruye y nos guía.
Nos da el entendimiento y la preparación para enfrentar la
batalla.
Y conspira a favor, aún en la penumbra. Es la luz apacible de
la razón, el silencio de su voz y la magia de su todo.
4/9/2009